最強の虎

四

隠密裏同心 篠田虎之助

永井義男

コスミック・時代文庫

この作品はコスミック文庫のために書下ろされました。

突かば槍　払えば薙刀　持たば太刀

～神道夢想流杖術　道歌より

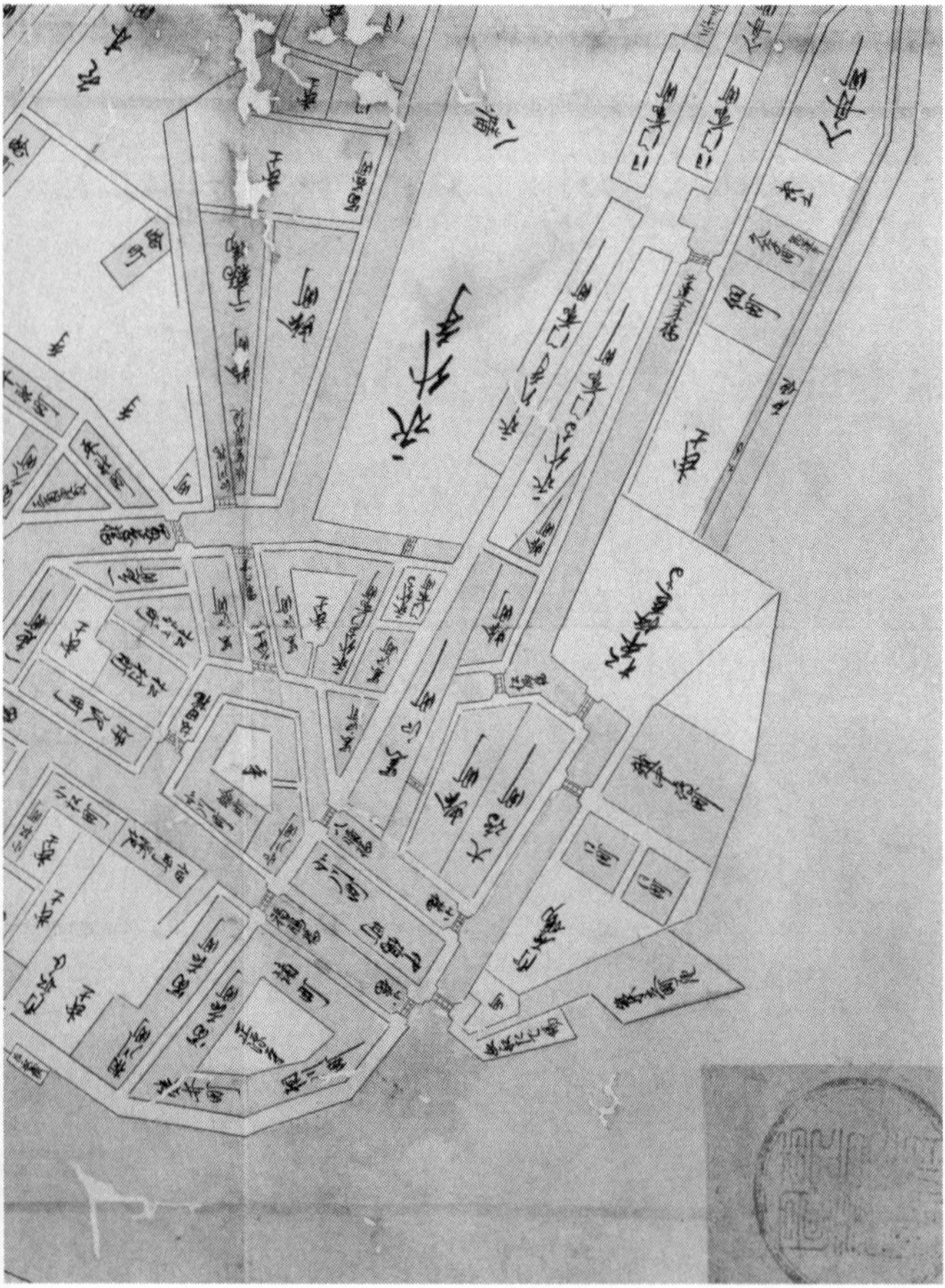

◇ 深川佐賀町と関宿藩下屋敷（○囲み）
『本所深川町屋絵図』（写）、国会図書館蔵

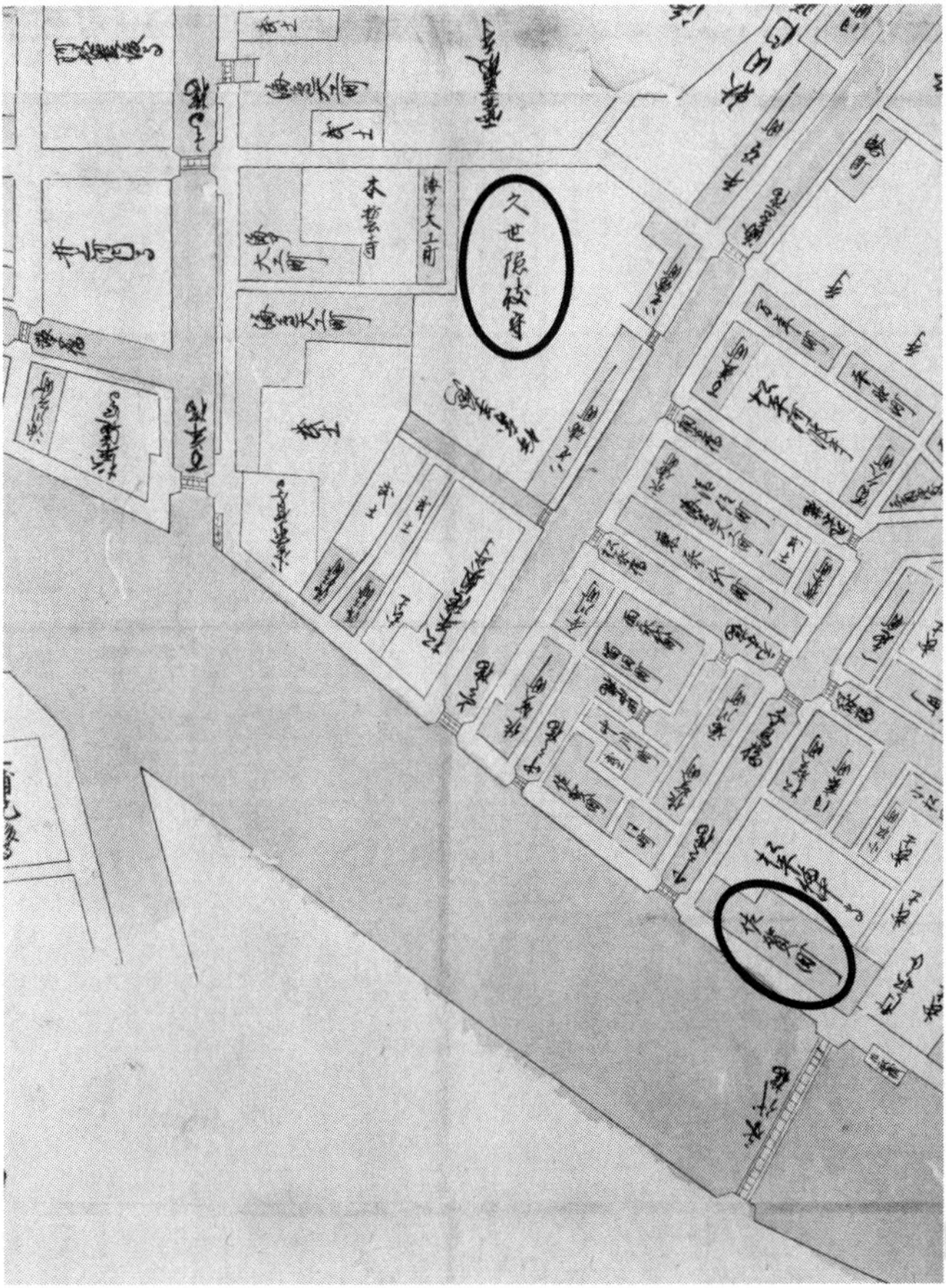
久世隠岐守
本誓寺

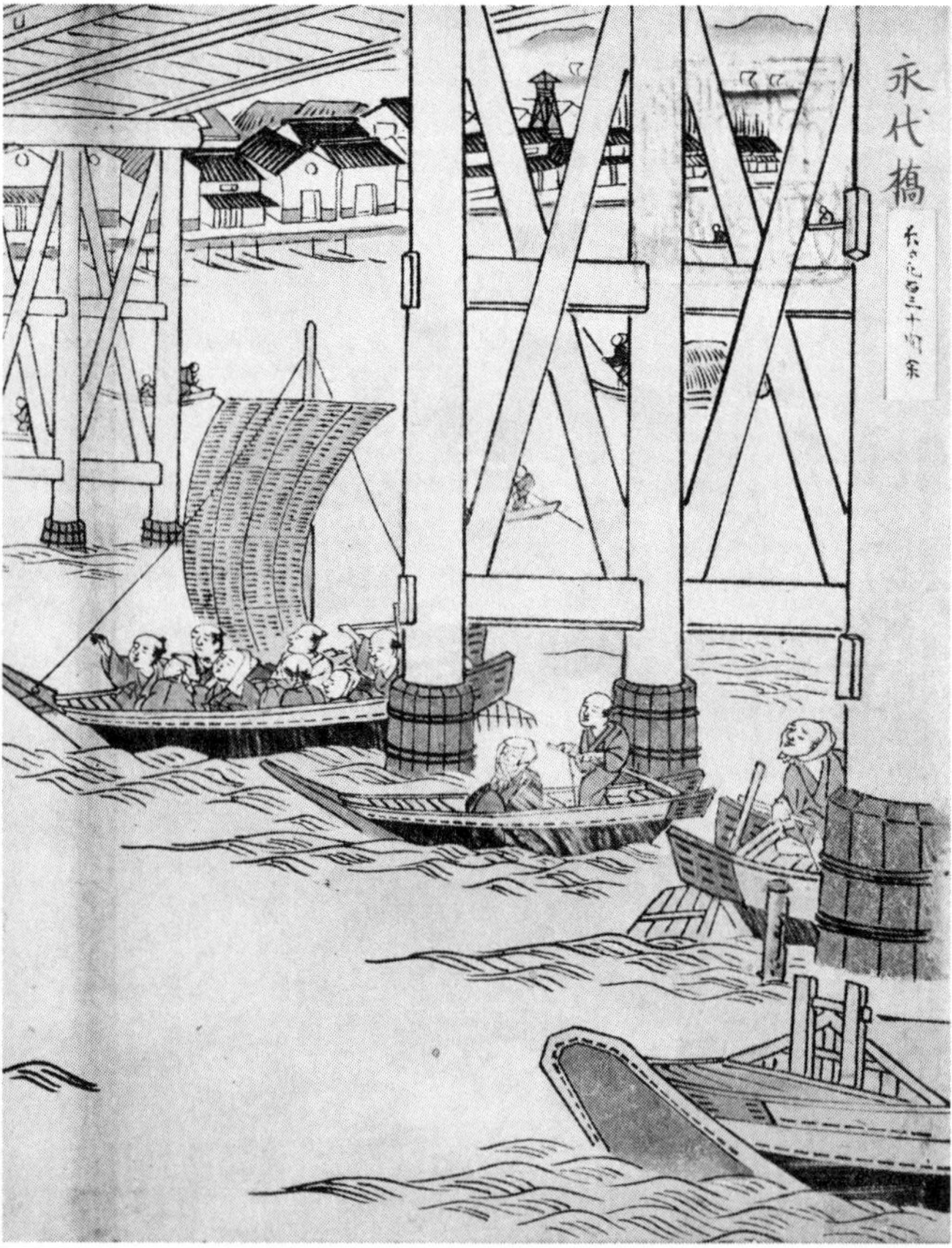

◇ 永代橋と深川佐賀町（対岸）
『東都隅田川両岸一覧』（鶴岡蘆水画、天明元年）、国会図書館蔵

◇ 駒形堂

『隅田川両岸一覧』（葛飾北斎画）、国会図書館蔵

貢舩窓
春風

◇ 廻り髪結
『津以曽無弟の甚六』（通笑著、安永九年）、国会図書館蔵

◇ 内藤新宿の旅籠屋と遊女
『絵本時世粧』（歌川豊国、享和二年）、国会図書館蔵

◇ 浅草広小路と雷門
『江戸名所図会』、国会図書館蔵

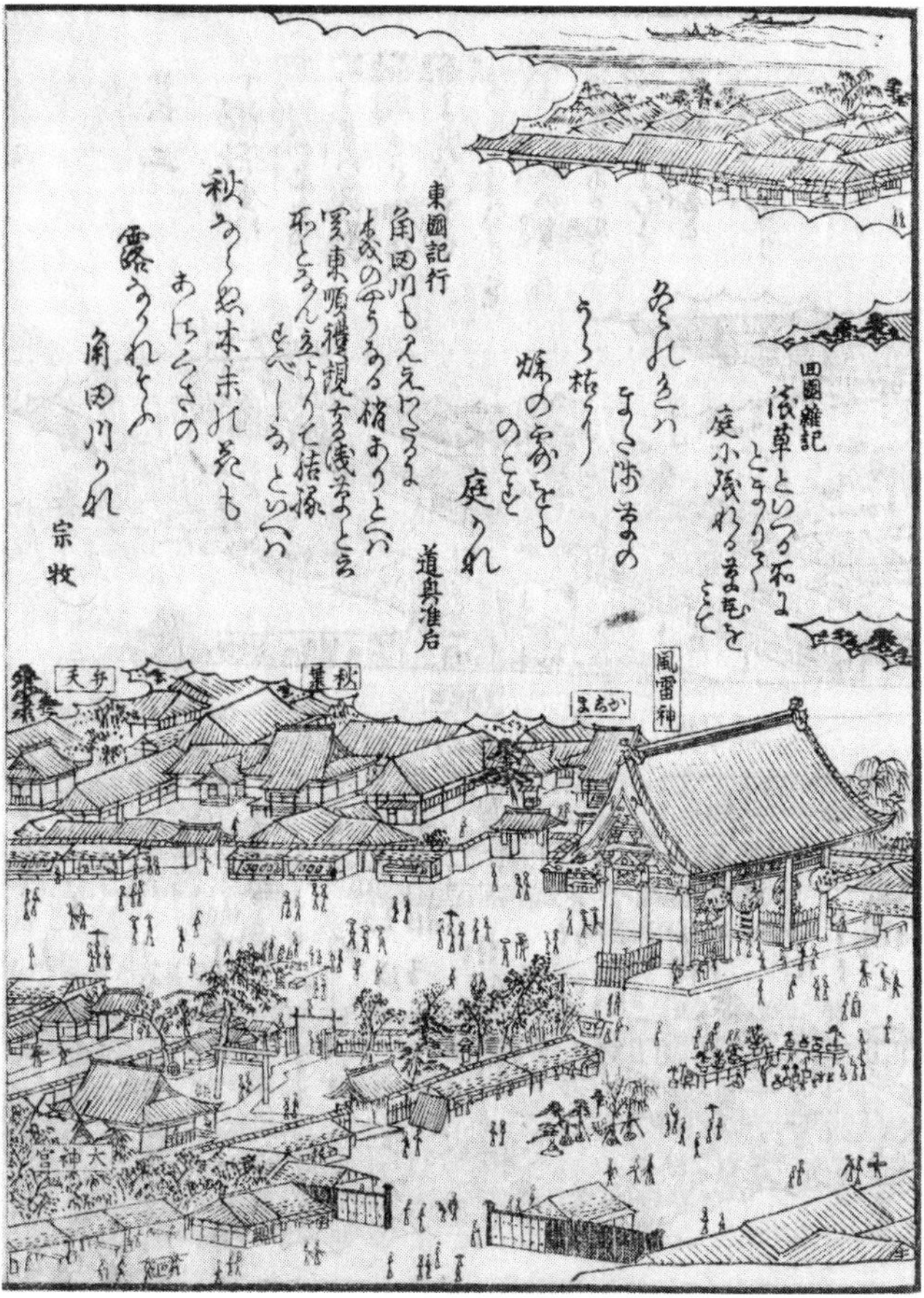
回国雑記
浅草といへる所にとまりて
庭に残れる菊を見て
なれなれハ まさ浅茅の
うら枯れり
嫉の宿をも
のこさぬ庭かな
道興准后
東国紀行
角田川もちかゝるよ
参河の国なる橋ありといひ
又東順礼観音浅草といふ
所とかん立よりて結縁
せんとしたまといへり
秋をへし 松本末れ花も
あはらさの
露かゝれとや
角田川かな
宗牧
風雷神
秋葉
弁天
大神宮

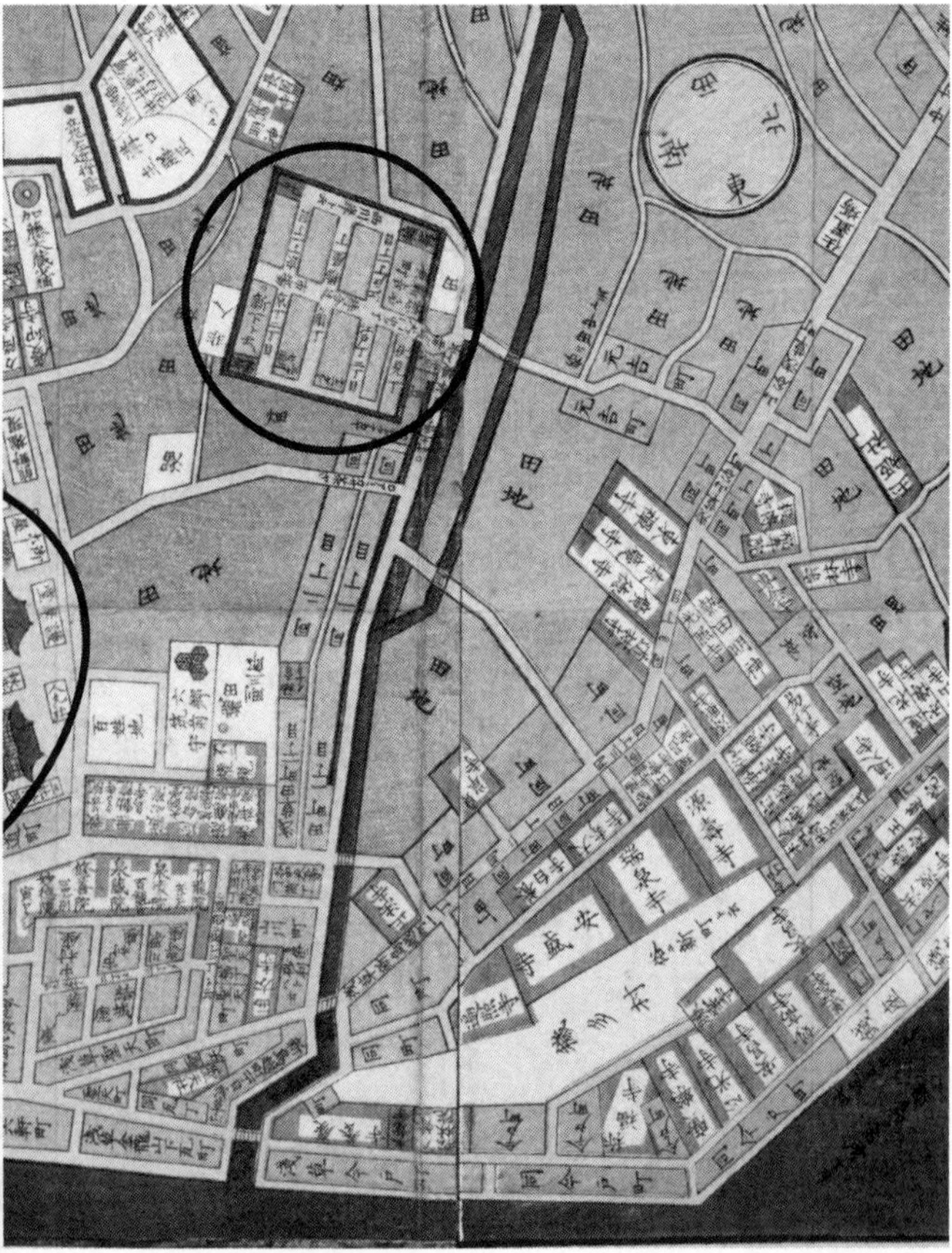

◇ 浅草寺と吉原（〇囲み）
『江戸切絵図・今戸箕輪浅草絵図』（尾張屋清七、嘉永二～文久二年）、国会図書館蔵

妙音寺
田原町
三丁目
嘉永六丑年新鐫
戸松昌訓著
麹町六丁目
板元 尾張屋清七

◇ 柔術道場
『柔術剣棒図解秘訣』（井口松之助著、明治二十年）、国会図書館蔵

目次

第一章　柔　術

一

身体が相手の腰に乗ったかと思うや、次の瞬間には大きく回転して、篠田虎之《しのだとらの》助《すけ》は畳《たたみ》の上に背中から落下していた。

ドーンと、音が道場内に反響する。

だが、虎之助は背中が畳に着く寸前に頭を右に向け、右手で畳を叩いていた。さらに、両足もやや斜《なな》め右に向けている。後頭部を守り、身体への打撃を逃がす受身《うけみ》を取っていたのだ。

（然《さ》のみ衝撃はないな。息が詰まることもない）

虎之助は受身の効果を実感する。

すかさず反撃を開始した。虎之助は自分を投げた木下兵庫《きのしたひょうご》の足首をつかみ、大きくはねあげたのだ。

兵庫はそのまま後方にひっくり返る。一見すると、虎之助が投げ返したかに思えた。

ところが、踏ん張らないことで相手の力を受け流していたのだ。兵庫は後方にあざやかに一回転するや、両手両足で畳にふわっと着地した。

まるで猫のようなしなやかさだった。しかも、低い姿勢がそのまま、次の攻撃の構えになっている。

虎之助は驚嘆するしかない。

ゆっくり立ちあがりながら、兵庫が言った。

「すぐさま反撃できたのは、さすがですぞ。呑みこみが早いですな。

これまでも申したように、受身は投げつけられた衝撃をやわらげるだけではありません。ただちに反撃に移るための姿勢なのです。

ですから、受身を取るときは投げた相手からできるだけ離れず、足元で丸くなることが大事です」

内藤新宿《ないとうしんじゅく》の天神真楊流《てんしんしんようりゅう》の柔術・木下道場の稽古場である。

さきほどから虎之助は、道場主の木下兵庫から投げ飛ばされ、受身を体得《たいとく》していたのだ。

「柔術の土台は受身ですが、実際に投げられて覚えていくしかありません。そのため、ここ内藤新宿に移転するに際して、道場は畳敷きにしたのです。以前の四ツ谷《よつや》の道場は床《ゆか》が板張りだったため、投げられて受身を覚えるような稽古はできません。教えるのは、関節技や絞め技が主体でした」

入門初日、兵庫はそう説明したものだった。

そして虎之助は初日に、十回連続で畳の上に叩きつけられたのだ。

もちろん、兵庫とて投げ方は手加減していたのであろうが、虎之助は十回目が終わって立ちあがったとき、目がまわってふらふらし、転倒しそうになったものだった。

虎之助にとって、今日が三回目の稽古である。

木下道場は移転して間もないため、門人はさほど多くない。たまたま今日は虎之助ひとりだったので、道場主の兵庫がさきほどからつきっきりで稽古をつけていたのだ。

「では、『閻魔《えんま》』という、敵の腕を逆に決めて脇固《わきがた》めにする技を教えましょう。

柔術には多数の流派がありますが、ほぼどの流派にもこの技はあります。初歩の技と言えましょうな。

「では、わしの両手を封じてみなさい」

兵庫が首を絞めるかのように両手をのばしてくる。

虎之助は思わず左足を前に出し、両手で相手の両手首をつかんでいた。

兵庫は右足を少し引いて、虎之助の重心をわずかに崩《くず》した。続いて、兵庫は右手で虎之助の左手首をつかんだまま、これに左手を添えて、自分の右肩のあたりに固定した。そして、兵庫は右足を虎之助の右足の前に踏みこみながら、右肘《ひじ》を相手の左腕に上から掛け、そのまま右脇を固める。

虎之助は左腕の逆を取られたことになり、

「ううっ」

と苦痛にうめきながら、畳の上にがっくりと膝をついた。

「このとき、相手の肩を自分の膝《ひざ》の上に乗せるようにして固めると、もう相手は身動きできなくなります。わかりましたか」

「はい、動きはわかりました」

「では、やってみますか」

兵庫が攻守交代を告げた。

虎之助は、すっと首を狙《ねら》って伸びてくる兵庫の両手首をつかみ、左腕を決めていく。

一連の動作は流れるようだった。腕を決められた兵庫はたまらず、がっくりと畳に膝をついた。

「ほう、貴公、閻魔を習得したのか」

聞き覚えのある声に振り返ると、友人の原牧之進《はらまきのしん》だった。

そばには原の姉で、兵庫の妻のお万《まん》もいた。

「貴公、稽古をはじめて何日目だ」

「三日目だ」

「三日でそれだけできれば、たいしたものだぞ。

いや、失礼、義兄上《あにうえ》、ご挨拶が遅れました」

原が兵庫に頭をさげた。

兵庫が微笑《ほほえ》む。

「あと数回の稽古を積めば、篠田はそなたと試合ができるようになると思うぞ」

「よし、思いきり痛めつけてやるぞ」

原が虎之助に笑いかける。

お万が夫に言った。

「伊豆橋屋《いずはしや》から使いが来ましてね。厄介事があるので、力になってほしいというのです」

「内藤新宿の旅籠屋《はたごや》の伊豆橋屋か」

「はい。もちろん、遊女がらみですけどね。これから、すぐに来てほしいそうでしてね。

伊豆橋屋の使いから事情を聞いているとき、ちょうど牧之進が顔を出したのです。それで、あたしは作戦を思いついたのですがね」

お万が虎之助を見つめた。

「牧之進と一緒に、伊豆橋屋にあがってください。内藤新宿に女郎買いに来た、威勢のよいふたり連れという格好がよいでしょう」

「え、拙者がですか」

虎之助は、いつの間にか自分が組みこまれているのに驚いた。お万とはすでに面識がある。女柔術家としての実力はもとより、かねがね策士《さくし》としての能力を認めていた。

原がたまりかねて言う。

「姉上、勝手にわれらを手駒《てごま》として使わないでください」

「伊豆橋屋を助けるためだけではありません。木下道場の将来がかかっているのです」

「では、姉上はなにをするのですか」

「あたしは軍師です」

お万がしゃあしゃあと言った。

原がさらに追及する。

「では、義兄上の役目はなんですか」

「最後に、大事な役をやってもらいます。いわば総大将として、戦《いくさ》を終結させてもらいます。

さて、急がないといけません。これから、あたしの考えた軍略を説明します」

お万が三人を前にして、自分が立案した計略を説明する。

虎之助は説明を聞きながら、多少の忌々《いまいま》しさはあるものの、お万の智謀に感心した。舌を巻いたと言ってもよかろう。

聞き終えて、原が評した。

「姉上はさしずめ女孫子《おんなそんし》ですな」

もちろん幾分かの皮肉は含まれているのだが、原もやはりお万にはとても太刀打ちできないと感じているようだ。作戦を了解し、従う意向を示す。

最後に、兵庫が言った。

「世間に『内藤新宿に木下道場あり』と示すことになりますぞ。そなたを巻きこんでしまい、申しわけない。迷惑かもしれませんが、よろしく頼みますぞ」

兵庫が虎之助に頭をさげた。

妻のお万とは対照的に、夫の兵庫は温厚な人柄で、物腰もやわらかだった。とはいえ、虎之助にとっては師匠である。

「迷惑など、とんでもない。先生に教えていただいた技を試す、絶好の機会かもしれませせぬ」

虎之助もいまや、やる気満々だった。

いた。

二

幕府の道中奉行《どうちゆうぶぎよう》は、宿場の旅籠屋が飯盛女《めしもりおんな》と呼ばれる遊女を置くことを認めていた。

内藤新宿は甲州街道の最初の宿場であるため、旅人が泊まることは少ない。その結果、ほとんどの旅籠屋が遊女を置き、事実上の女郎屋として商売を成り立たせていた。

東海道の最初の宿場である品川《しながわ》と内藤新宿は、江戸の遊里として吉原に勝《まさ》るとも劣《おと》らない繁栄を謳歌《おうか》していた。

とくに内藤新宿は、宿場よりは遊里としてのほうが有名なくらいである。その理由は、なんといっても江戸市中から近かったからだ。宿場としての不利は、遊里としては有利に働いたと言えよう。

内藤新宿で最大の規模を誇る旅籠屋が豊倉屋《とよくらや》だが、それに次ぐのが伊豆橋屋だった――。

「――と、まあ、そんなところだ」

　歩きながら、原牧之進が概略を解説した。

　篠田虎之助が言う。

「うむ、おおよそわかった。ところで、貴公、肝心の伊豆橋屋の場所は知っているのか」

「うむ、おおよそ、わかる」

　木下道場を出た虎之助と原は、腰に両刀を差さず、羽織《はおり》も袴《はかま》も身に着けていない。ふたりとも手拭《てぬぐい》を首に巻き、足元は素足に下駄《げた》履《ば》きだった。外見からは、若い職人に見えるであろう。

　細い通りから甲州街道に出た。道の両側には旅籠屋、小料理屋、茶屋、そのほかの商家が軒《のき》をつらねている。

　道には旅人や商人、駕籠《かご》、背に荷を積んだ馬がひっきりなしに行き交っていた。

　そんな雑踏のなかを、昼間にもかかわらず芸者や幇間《ほうかん》と見える女と男、さらには料理を満載した蝶足膳《ちょうあしぜん》を頭に乗せた料理屋の若い者が歩いており、いかにも内藤新宿が遊里なのを思わせた。

「ここだな」

原が立ち止まった。

伊豆橋屋は、甲州街道の南側に面していた。

二階建ての建物は表間口は十間半《けん》（約十九メートル）、奥行は十七間（約三十一メートル）はあろうかという豪壮《ごうそう》さだった。

紺地に白く「いすはし」と染め抜かれた暖簾《のれん》をくぐると、広い土間になっている。

土間の右手に舞台のような板敷きがあり、そこに数人の女が屏風《びょうぶ》を背にして座っていた。いわゆる陰見世《かげみせ》であり、客の男は土間に立ち、陰見世の遊女を見立てて、指名するのだ。

虎之助と原が土間に足を踏み入れると、若い者が揉《も》み手をして迎えた。

「へい、お馴染《なじ》みはございますか。それとも、お初めてでございますか」

「木下道場からまいった。旦那どのに会いたい」

原が小声で言った。

若い者はうなずき、

「へい、さようでしたか。へい、お待ちを」

と、ささやき返すや、土間から板敷きにあがり、左手の一角に向かった。「お部屋」と呼ばれる、楼主の居場所である。

しばらくして、若い者が戻ってきた。

「へい、旦那さまがお会いになるそうです」

虎之助と原は土間に下駄を脱ぎ、板敷きにあがると、お部屋に向かった。

羽織を着た楼主は、長火鉢《ながひばち》を前にして座っていた。年齢は四十代のなかばだろうか。

貫禄《かんろく》にはほど遠い痩《や》せた身体で、面長《おもなが》な浅黒い顔には、なんとも気難しそうな表情が浮かんでいた。

「伊豆橋屋の主《あるじ》の八郎兵衛《はちろべえ》でございます」

ややかすれた声で言った。

背後の壁にもうけられた縁起棚《えんぎだな》には、巨大な張り子の陰茎《いんけい》が飾られている。いわゆる金精神《こんせいじん》で、楼主以下、遊女や奉公人は毎朝、手を合わせて商売繁盛を祈るのだ。

「たちの悪い火消しのふたり組を退治していただきたいのですが、伊豆橋屋が用心棒を雇ったと思われてはなりません。さもないと、連中はあとで仲間を集めて、仕返しに来かねませんからな。

じつは数年前、ある店で、たちの悪い火消しと悶着《もんちゃく》になって、叩きだしたのです。すると連中が回状をまわして仲間を集め、大勢が火事装束《しょうぞく》で押しかけてきて、鳶口《とびぐち》で建物をぶち壊すという大騒ぎになったことがありましてね。火消しの連中は、建物を壊すのは得意ですからな。

　そのときは、お役人も乗りだして、たくさんの人間がお奉行所に呼びだされるという、大変な事態になりました。大勢の人に迷惑をかけるような騒ぎにだけはしたくないのです」

「はい、心得ております」

　原が、お万が立案した作戦の概略を説明する。

　最後に、自分たちを「牧さん」「虎さん」と呼んでくれと付け加えた。

　聞き終え、八郎兵衛がようやく愁眉《しゅうび》を開いた顔になった。

「なるほど、それだと伊豆橋屋が裏で手をまわしたとは思われませんな。名案ですぞ。

　おい、修介《しゅうすけ》、こちらの牧さんと虎さんを、火消しの客人の隣《となり》の座敷にご案内しろ。品川の船頭衆という触れこみだ。よいな」

「へい、かしこまりやした」

さきほどの若い者が返事をした。

＊

土間から板敷きにあがった正面に、二階に通じる階段がある。

修介に案内され、虎之助と原は階段をのぼった。

二階には廊下が長くのび、多くの部屋が並んでいる。いくつかの部屋では宴席なのか、三味線《しゃみせん》の音色や、にぎやかな声が聞こえる。

廊下に面した障子《しょうじ》が閉じられている部屋は、まさに客の男と遊女が同衾中《どうきんちゅう》なのであろうか。女の艶《なまめ》かしい、喘《あえ》ぎ声が聞こえてくる。

「へい、こちらにどうぞ」

修介が八畳ほどの座敷に案内しながら、目で隣の座敷を示す。隣が火消しのいる座敷と教えていた。

襖《ふすま》で仕切られた隣の座敷からは、

「女はどうしやがったんだ。ちっとも来ねえじゃねえか、馬鹿にしやがって、もっと酒を持ってこい」

「俺たちを馬鹿にしやがると、承知しねえぞ。店をぶっ壊してやるからな」

と、男の怒鳴り声が聞こえる。

応対する若い者が、

「まあまあ、ほかのお客がついているものですから、少々、お待ちを」

と、懸命に宥《なだ》めている。

修介が聞こえよがしに言う。

「どなたを呼びましょうか。すぐにまいりますので、お床を敷きましょうか」

「おい、俺たちゃあ、床急《とこいそ》ぎをするような野暮《やぼ》じゃねえよ。その前に、ぱぁっと騒ごうっていう寸法だ」

原が巻き舌で言った。

虎之助も声を張りあげる。

「芸者を二、三人と、幇間もひとり、呼んでくんねえ。品川の船頭の粋《いき》で、派手《はで》な遊びっぷりを見せてやるぜ」

「酒も肴《さかな》も、どんどん出しなよ。

ところで、若い衆、隣の座敷はずいぶん荒れているようだな」

「野暮な野郎どもだぜ。女に振られて、当たり散らしているのか。

端唄《はうた》の替え歌に、

〽四ツ谷新宿馬糞《まぐそ》の中に……


と、あらぁ。どうせ、馬糞まみれの馬方だろうよ」

原と虎之助の声高《こわだか》で露骨《ろこつ》な挑発に、修介は顔が青ざめていた。

ふたりは、なおも聞こえよがしに言いつのる。

「品川もちょいと飽きたから、内藤新宿に来てみたんだがな」

「女はともかく、客の男が馬糞野郎だぜ」

突然、仕切りの襖が荒々しく開いた。

ふたりの男が踏みこんでくる。

「なにおぉ〜、てめえら、品川の船頭か。二度と舟に乗れないように、腕の二、三本もへし折ってやろうか」

「黙って聞いていたら、火消しのお兄ぃさんを、よくも馬方あつかいしやがったな。てめえら、ただじゃあ済まねえぞ」

ふたりとも怒りで目が血走っていた。

着物の袖《そで》を肩までまくっているため、それぞれ倶利迦羅紋紋《くりからもんもん》の彫物が見えた。

ひとりは銚子《ちょうし》を手にしている。

「この野郎め」

銚子を逆手に持った男が、原に殴りかかってきた。

座っていた原はさっと、その場に寝転んで打撃を避けるや、男の足首を両足ではさんで捻《ひね》った。

「うわーっ」

男はもんどりうって、もとの座敷にひっくり返る。

すかさず起きあがった原が、膳の上にあった煮物の皿を手に取り、男の脳天に叩きつけた。皿がパリンと割れる。

男の顔面は流血と煮物の汁でドロドロになり、しかも汁が目に入ったのか、

「うわ～」

と、のたうちまわっている。

いっぽう、立ちあがった虎之助に、もうひとりが突進してくるや、

「思い知らせてやるぞ」

と、両手で胸倉《むなぐら》をつかもうとする。

まさに思う壺《つぼ》だった。虎之助は習ったばかりの閻魔を実行した。

男はあっという間に腕を決められ、

「ううっ、痛い、痛い」

と苦痛にうめきながら、その場に膝を突きそうになる。

虎之助は腕を決めたまま、男を隣の座敷に引っ張っていき、尻を蹴りつけた。

男はよろけたあげく、腹這《はらば》いに倒れこんだが、その際、頭が膳にぶつかって吸物椀がひっくり返る。椀の中身が男の頭にこぼれた。

「やい、てめえらのほうから、こっちの座敷に押しかけてきたんだからな」

原が言い放つ。

負けじと、虎之助も言った。

「てめえらのほうから、喧嘩を売ってきたのだからな」

「もう、足腰《あしげ》が立たねえようにしてやるぜ」

原がふたりを足蹴にする構えを見せた。

虎之助も蹴りつける構えをする。

背後から、鋭い叱責《しっせき》の声がした。

「おい、やめぬか」

いつの間にか、羽織袴姿の木下兵庫がいた。

腰には脇差《わきざし》も帯びず、まったくの丸腰だった。

別な座敷にいた客のひとりが見るに見かねて、騒ぎを鎮《しず》めるために登場したかのようである。

虎之助がいかにも無鉄砲《むてっぽう》な荒くれ者らしく、

「てめえ、なにさまのつもりだ。邪魔するな」

と、果敢に組みついていく。

兵庫はすっと右足を引いて、身体を斜めにすることで虎之助の突進の勢いを受け流し、半身の姿勢ですばやく襟《えり》と袖をつかんだ。そして、突っこんできた勢いを腰に乗せて放り投げる。

虎之助の両足が天井を向き、着物がはだけてふんどしが丸見えになった。

次の瞬間、床がドーンと反響する。

虎之助は、背中から畳に叩きつけられた。

だが、ちゃんと受身を取っている。それどころか、師匠が柱に激突しないよう、投げつける場所を選んでいるのを観察する余裕もあった。

さほど衝撃はなかったが、

「う〜ん」

と苦悶《くもん》の声を発し、ほとんど悶絶状態をよそおう。

原が、倒れた虎之助に向かって叫んだ。

「おい、虎、大丈夫か」

続いて、目をギラギラさせた原が右手をふところに突っこむや、匕首《あいくち》を取りだした。

「ひぇぇー」

修介が悲鳴をあげた。

火消しのふたりも刃物を見て、さすがに顔を強張《こわば》らせている。

すでに酔っぱらいの喧嘩の域《いき》を超えていた。ふたりはもう、酔いが冷めたであろう。

「よくも、やりやがったな。てめえ、死にたいか」

原が匕首を構え、憤怒《ふんぬ》の声を発しながら兵庫の左胸を突いていく。仲間が痛めつけられたのを見て、逆上したかのようだった。

兵庫は左足を引いて半身になりながら、匕首を持つ手首に手刀を撃つと同時に、右手を原の右肩の下にあてがった。相手の突っこんできた勢いを生かしながら、すっともぐりこんで身体を抱《かか》えあげるや、前方に投げ落とす。

原の身体は空中で大きく回転し、ドーンと床を響かせながら、背中から落ちた。

傍目《はため》から見ると、投げられた男は死んだとしか思えないほどの光景である。

だが虎之助は、原がちゃんと受身を取っているのを見抜いていた。

（ふ～む、やつは受身がうまいな。お万どのの弟だけあるぞ）

兵庫が、原の手から落ちた匕首を拾いあげ、言い放つ。

「まだ、やる気か。今度は容赦せんぞ。腕の骨が折れてもかまわぬなら、相手になるが」

「いえ、もう、勘弁してくだせえ」

虎之助が腰を撫《な》でながら言った。

原は全身の痛みに耐えているかのように、途切れ途切れに言う。

「へい、もう、お許し、願います」

「品川の船頭と言うことだが、どうせ肥舟《こえぶね》の船頭であろう。内藤新宿は肥舟の船頭風情が遊ぶところではないぞ。これに懲りて、二度とこのあたりには立ち寄るな」

「へい、わかりました」

ふたりが頭をさげる。

兵庫が匕首を修介に渡す。

「ふたりを外に放りだすがよい。その際、返してやれ。なまくらの刃物だが、まあ、豆腐くらいは切れるだろう」

修介に付き添われ、虎之助と原がいかにも面目《めんぼく》なさげに、よたよたとした足取りで階段をおりていく。


兵庫が、なかば呆然《ぼうぜん》としている火消しのふたりのほうを向いた。

「近くの座敷で聞いておったのだが、そのほうたちの傍若無人《ぼうじゃくぶじん》ぶりは目にあまるものがあった。女たちが嫌がって座敷に来ないのはあたりまえじゃ。あまつさえ、隣座敷の客人に喧嘩を吹っかけるとは何事か」

「いえ、やつらが、あっしらを馬鹿にしたようなことを言いやがるものですから」

「連中が、あっしらを馬糞呼ばわりしたものですから、つい」

ふたりが弁解した。

兵庫が叱りつける。

「いきさつはどうあれ、そのほうらが先に隣座敷に押し入ったではないか。喧嘩を吹っかけたのと同じじゃ。言いわけはできぬぞ。

あげくの果ては、肥舟の船頭風情に逆にぶちのめされ、いい恥さらしだ。火消しに泥《どろ》を塗ったことになろう。世間に知れれば仲間に顔向けができまい。

それに、さきほどの男が匕首を持っていたのを見たろう。もしかしたら、そのほうらは刺し殺されていたかもしれぬのだぞ」

「へい、いまさらながら、恐ろしくなりやした」

「伊豆橋屋にも多大の迷惑をかけた。本来であれば、伊豆橋屋はそのほうらを縛りあげ、役人に引き渡すべきであろうな」

「いえ、先生、それだけは、どうかご勘弁を」

ふたりが平身低頭する。

いつの間にか、兵庫を先生と呼んでいた。

「よし、では、もう二度と内藤新宿をうろつかないと約束すれば、このまま帰してやろう」

「へい、ありがとうごぜえます。二度と内藤新宿では遊びません」

命拾いをした気分なのだろうか、ふたりが額を畳に擦《こす》りつける。

もう、火消しの威勢のよさはどこにもなかった。

三

木下兵庫が道場に戻ってきたとき、すでに篠田虎之助と原牧之進は羽織袴の姿に戻っていた。それどころか、ふたりは胡坐《あぐら》をかいて、盛蕎麦《もりそば》をすすっている。

「義兄上、お先にいただいております」

原が、竹簀《たけす》に残った最後の蕎麦を箸《はし》でつまみ、出汁《だし》の入った蕎麦猪口《ちょこ》にひたしながら言った。

お万が説明する。

「蕎麦の出前を頼んだのです。まだ近所の様子がわからず、出前をしてくれそうなのは蕎麦屋しか知りませんから。

もちろん、おまえさんのもありますよ」

「うむ、そうか、それはありがたい。伊豆橋屋で酒を勧められたのだが、断って帰ってきた。ふたりのことが気になってな」

お万が下女に声をかける。

すぐに下女が両手を広げ、平たい長方形の盆を持参した。

盆には、蕎麦猪口のほか、蕎麦を入れた箱がふたつ重ねてある。ひとつは兵庫だが、もうひとつはお万だった。

「牧之進からおおよそのところは聞きましたが、うまくいったのですか」

お万が夫に尋ねる。

兵庫は蕎麦を出汁にひたし、ズズッとすすった。

「うむ、うまくいった。火消しのふたりは——

隣座敷の品川の船頭に喧嘩を吹っかけたが、逆にこてんぱてんにやられた。もしかしたら、匕首で殺《こ》されていたかもしれない。そこに、木下道場の先生が登場して船頭ふたりを懲らしめ、仲裁《ちゅうさい》してくれた。

——と理解したようじゃ。

わしに感謝し、伊豆橋屋にも謝罪して帰っていったぞ。

今回、騒動をあざやかにおさめた。『内藤新宿に木下道場あり』の第一歩と言えような。そなたの計略は見事に当たったぞ」

夫に褒められ、お万は満足そうである。

兵庫が虎之助に視線を向け、話題を変えた。

「そうそう、念のために、そなたに言っておかねばならぬことがあります」

「はい、なんでしょうか」

「柔術の修行を積んで自信ができたとしても、決して素手で刃物に立ち向かってはなりませぬぞ。たとえ柔術の心得があったとしても、素手で刃物には勝てないのです」

「しかし、先生はさきほど刃物の攻撃をかわし、原を見事に投げ飛ばしたではありませんか」

「やはり、誤解しましたか」

兵庫が困ったような笑みを浮かべる。

続いて、嚙んで含《ふく》めるように、兵庫が話しはじめた。

「あれは、形なのです。天神真楊流柔術には刃物に対処する形がいくつかありますが、さきほど牧之進とわしが演じたのは、そんな形のひとつにすぎません。

おたがい呼吸を合わせ、形を演じていたのです。それぞれが形に習熟していたからこそ、寸分の狂いもなく刃物をかわし、投げ飛ばすことができたのです。いわば、おたがいが稽古を積んだ、約束事の世界です。

実際に刃物を振りまわす連中は、天神真楊流柔術の形のように突いてくるとはかぎりませんぞ。いや、形とは異なる動きをすることのほうが、ほとんどでしょうな。なまじ形で対処しようとしたら、かえって危険です」

「はあ、なんとなくわかりました。では、武器が手元にないとき、刃物を持った相手には、どう対処すべきでしょうか」

「すばやく走って、その場から逃げるのがいちばんでしょう。しかし、そう言ってしまうと身も蓋《ふた》もありませんし、逃げるわけにはいかぬときもありますな。ですから二番目は、武器の代わりになるものを手にすることです。煙草盆《たばこぼん》でも、手桶《ておけ》でも、この蕎麦屋の盆でもいいでしょうな」

兵庫が、目の前にある外側は朱《しゅ》塗り、内側は黒塗りの平盆を示した。

虎之助が言った。

「では、三番目はなんでしょうか」

「三番目はありません。つまり、素手で、刃物を持った相手と戦ってはならないと言うことです」

「はあ、そうでしたか」

虎之助にとって、やや失望した部分があるのは事実だった。

だが、防具をつけて竹刀《しない》で撃ちあう道場剣術と、刀で斬りあう実戦が異なるというのは、虎之助はすでに人を斬った経験から実感していることでもあった。その意味では、兵庫の説明には重みがある。

「貴公は入門してまだ日が浅いから、騙《だま》されるのは無理がない。俺は長年やっているのでわかるのだが、柔術の技にはけっこう、はったりがあるぞ」

原がずけずけと言った。

お万が柳眉《りゅうび》を逆立てる。

「牧之進、『騙される』とか『はったり』とは何事ですか。あたしら夫婦は柔術に命を賭けているのですからね」

「うむ、しかし、牧之進の言うことにも一理あるぞ」

兵庫はおだやかに微笑んでいた。

さきほど、伊豆橋屋で虎之助や原を投げ飛ばしたときの裂帛《れっぱく》の気迫が、嘘《うそ》のようである。

虎之助と原が辞去するに際し、玄関まで見送りにきたお万が、それぞれに金一分《ぶ》を渡した。

これで、兵庫は伊豆橋屋から受け取った謝金を、そっくり女房に渡していたことがわかる。虎之助と原に一分ずつというのは、お万の判断であろう。

師匠が女房に財布を握《にぎ》られてしまっているのを知り、虎之助もひそかに苦笑した。

＊

木下道場を出ると、すでに日は西に傾《かたむ》いていた。

甲州街道を四ツ谷方面に歩きながら、原が言った。

「貴公が門限を気にしなくてもよくなったのは、うれしいぞ」

「うむ、俺も大名屋敷の門限から解放され、あらためて江戸に出てきたのを実感している」

虎之助がしみじみと言った。

つい最近まで、深川にある関宿《せきやど》（千葉県野田市）藩久世《くぜ》家の下《しも》屋敷に住んでいた。

大名屋敷は門限が厳《きび》しく、暮六ツ（午後六時頃）に門が閉じられるため、虎之助は夜間の外出には特別な工《く》夫《ふう》をする必要があったのだ。

そもそも、虎之助は関宿藩の下級藩士の次男として生まれた。城下の剣術道場では抜きん出た存在だったことから、ゆくゆくは江戸に出て自流を開くことを夢見ていた。

ところが、藩内で抗争が起き、藩の有力者に暗殺の実行を命じられた。密命を果たしたあと、虎之助は武者修行の名目で関宿を立って江戸に出て、下屋敷内に住んでいたのだ。

武者修行を命じられてはいたが、虎之助は暗殺の経験を通じ、もう二度と人は殺したくなかった。そこで、剣術道場ではなく、杖術《じょうじゅつ》の道場に通いはじめた。原とはそこで知りあい、友人となったのである。

そんな虎之助に、北町奉行所の役人が接触してきた。

北町奉行の大草安房守高好《おおくさあわのかみたかよし》は、関宿藩主久世大和守広周《やまとのかみひろちか》の実父だったのだ。旗本・大草家の次男に生まれた広周は、幼いころ大名・久世家に養子に行き、そして関宿藩主となったのである。

こうした関係から、北町奉行と関宿藩主のあいだに密約が結ばれ、虎之助は北町奉行所の裏の任務を引き受けることになった。

そして、下屋敷内に住んでいてはなにかと不便があることから、藩主久世広周の承認のもと、虎之助は町家に住むことを許されたのである。

「ところで、お下屋敷を出て、貴公はいま、どこに住んでいるのか」

「深川佐賀町《ふかがわさがちょう》に伊勢銀《いせぎん》という大きな船問屋《ふなどんや》がある。関宿には伊勢銀の出店があってな。そんなこんなで、伊勢銀は関宿藩と縁があるのだ。

俺はその伊勢銀の船頭部屋に寝起きしている。いわば、居候《いそうろう》だな」

「しかし、武士の貴公を船頭部屋に置くとは、伊勢銀は無礼ではないか」

原が眉間に皺《しわ》を寄せた。

虎之助が笑った。

「俺は気にしておらぬ。というより、むしろ好都合でな。

というのは、夜船の船頭などは徹夜で仕事をする。夜が明けてから、あるいは昼になってから、ようやく船頭部屋で寝床に着くわけだ。

そのため、船頭の寝る時刻や起きる時刻はバラバラで、伊勢銀でもそれに対応して、いつでも食事が用意できるようになっている。おかげで、俺もその恩恵にあずかれるわけだ」

それどころか、船頭は大部屋で数人で雑魚寝《ざこね》をしていたが、虎之助は四畳半とはいえ一室を提供されていたのだ。

また、船頭に出す食事は、伊勢銀の奉公人に出すものにくらべ、質量ともに上だった。虎之助の食事も船頭並みだったのだ。

「ほう、それは、羨《うらや》ましい。俺が原家の屋敷で受けている待遇より、はるかにいいようだな。

さて、このへんで別れよう。明日は、貴公は吉村《よしむら》道場に来るか」

「うむ、吉村道場には行くつもりだ。では、明日」

原は、屋敷のある下谷《したや》の方面に向かう。

実家は幕臣とはいえ、下級の御家人だった。

虎之助は深川の方面に向かう。

日が暮れかかっていたが、門限がないので気楽である。

虎之助は歩きながら、関宿から江戸に出てきた日を思いだした。

関宿の河岸場から夜船に乗りこみ、翌日の昼前、小網町《こあみちよう》の河岸場に着いたのだ。これが虎之助の江戸生活の初日だった。

永代橋《えいたいばし》を渡って隅田川《すみだがわ》を超えた。

橋の上から見ると、右手は江戸湾の海である。夕日を映《うつ》して、波が眩《まぶ》しい。白い鷗《かもめ》が低く飛び交っていた。

永代橋を渡りきったところが深川佐賀町である。

四

隅田川に沿って河岸場があり、多くの高瀬舟《たかせぶね》や荷舟が停泊していた。

河岸場と道一本を隔《へだ》てて、表間口が六間《けん》（約十一メートル）ほどもある伊勢銀が店をかまえていた。店先の大きな看板には、

江戸
〈銀　伊勢ぎん
関宿

と書かれている。

夕闇が迫っていたが、大戸は開けられている。大戸の内側は広い土間になっていて、まだ人の出入りが続いていた。

篠田虎之助は大戸の前を通りすぎ、店の横の細い路地に入った。

路地と伊勢銀の境界は黒板塀《くろいたべい》で、上に忍び返しが植えられていた。奥に進むと、黒板塀に、裏口の木戸がもうけてある。

虎之助は木戸をくぐって敷地内に入った。

漆喰《しっくい》塗りの蔵が数棟並んでいて、まだ十人近い人足《にんそく》が立ち働いている。日が暮れるまでに蔵に荷をおさめ、あるいは蔵から荷を取りだしたいのであろう。

帳面と矢立《やたて》を手にした、羽織姿の初老の男が立っていた。番頭の伝兵衛《でんべえ》である。人足の監督をしているようだ。

「おや、篠田さま。いまお帰りですか」

「はい、今日は柔術の稽古に行ってまいりました」

「そうでしたか。杖術にくわえて柔術をおさめると、もう無敵ですな。ところで、なにかご不自由はございませんか。遠慮なく言っていただいてかまいませんぞ。なにせ、お上《かみ》屋敷の阿部《あべ》邦之丞《くにのじょう》さまから、

『できるだけ便宜《べんぎ》をはかってやってくれ』

と、頼まれておりましてね」

「ほう、そうでしたか」

虎之助は阿部邦之丞と聞いて驚いた。

阿部は、関宿藩の藩主・久世広周の御側御用取次《おそばごようとりつぎ》であり、いわば側近である。阿部の意向の背後には、広周の意向があるに違いない。さらに、広周の意向の背後には、実父である北町奉行・大草高好の意向があるであろう。

（俺はすっかり、北町奉行所の手駒にされてしまったな）

とはいえ、町奉行所の役人が手を出せない悪人を処罰しているのだと考えると、世のため人のためになることであろう。また、藩主久世広周への忠義にもつながる。

虎之助は伝兵衛に一礼して、蔵からほど近い船頭部屋に向かう。

船頭部屋は伊勢銀の母屋《おもや》とは別棟になっていたが、台所に近い。伊勢銀の下女たちが食事を運んでくるのに便利なようにしたのであろう。

廊下を通りかかった女中のお元《げん》が、虎之助が戻ったのを見て、

「おや、篠田さま、お帰りですか。灯をつけましょう」

と言いながら、部屋の中に入り、行灯《あんどん》に灯をともした。

火打石《ひうちいし》や付木《つけぎ》の扱いは手慣れたものであり、虎之助が自分でやっていたら数倍の時間がかかっていたろう。

「お食事はどうなさいますか」

「はい、いただきますぞ」

「では、すぐお持ちしますから」

台所に向かうお元に、

「お元さん、酒をもう一本、頼みます」

と、隣室から声がかかった。

部屋と部屋の境は襖一枚なので、声は筒抜《つつぬ》けである。船頭が三、四人で相部屋らしい。

「駄目です。船頭衆には、お酒はお銚子一本までと、旦那さまから厳《きび》しく言い渡されております。飲みすぎると、明日の仕事に差し支《つか》えますからね」

「てやんでえ、こちとら一升飲んでも、明日はけろっとしてらぁ」

「それでも、旦那さまの言いつけですから、駄目です」

お元がきっぱりと言い、さっさと行ってしまった。

男たちがてんでに言いかわす。

「融通《ゆうずう》の利かねえ女だな」

「しかし、ちょいと色気があるぜ」

「あのつんけんしているのを、ぐにゃりとさせるのが色事よ」

「夜這いをして、味を覚えさせればどうだ。銚子が二本になるかもしれねえぜ」

「それどころか、逆に銚子がつかなくなったらどうするよ。おめえなんぞ、なまじ夜這いをすれば、愛想をつかされるってことになりかねないぜ」

虎之助は隣室の話に笑いをこらえた。

あらためて、行灯の明かりに照らされた部屋の中を見渡す。

広々としていたが、物がほとんどないからだった。

部屋の片隅に枕屏風《まくらびょうぶ》があり、その裏に布団がたたまれ、上に枕がのっている。

そのほか、行灯と火打箱、煙草盆があった。虎之助の着替えなど衣類はすべて、ひとつの柳行李《やなぎごうり》におさまっていた。

そのほか、目立つものと言えば、神道夢想流《しんとうむそうりゅう》杖術の杖と両刀である。杖は長さ四尺二寸一分（約百二十八センチ）、直径八分《ひっ》（約二・四センチ）で、樫《かし》製だった。

しばらくして、お元と下女がそれぞれ櫃と膳を持って現れた。

そばにお元が座り、櫃から飯椀に炊きたての飯をもってくれる。

「はあ、これは恐縮です」

虎之助はしばらくのあいだ、ひとりだけの食事を経験しているだけに、お元に給仕をされるのはかえって居心地が悪かった。

膳の上の皿には、鯵《あじ》の塩焼きと沢庵《たくあん》がのっていた。さらに、徳利《とっくり》と猪口《ちょこ》ものっている。

関宿藩の下屋敷の長屋にひとり暮らしていたとき、虎之助は冷飯に湯をかけて、おかずは沢庵だけで済ませることも少なくなかった。それから考えると、大きな違いである。

船頭部屋に泊まる男たちを、伊勢銀は基本的に客人待遇をしていることになろう。

お元と下女が去ったあと、虎之助は酒を呑み、飯を食べながら、隣室の話に耳を傾ける。というより、自然と耳に入ってきた。

みな、関宿河岸の船頭のようだった。

いつしか、関宿河岸にある女郎屋の話になっていた。さらに、話題は松戸《まつど》（千葉県松戸市）河岸の女郎屋に移る。

関宿と江戸は、江戸川で結ばれていた。関宿河岸を出発した舟は江戸川をくだり、掘割の小名木川《おなぎがわ》を経由して、隅田川に入ったのだ。

松戸は江戸川の河岸があり、さらに水戸街道の宿場でもある。交通の要衝《ようしょう》であることから女郎屋は多く、松戸女郎は有名だった。

　隣室の声は、うるさいと思えばうるさい。しかし、虎之助は聞いていて、けっこうおもしろかった。とくに関宿の話題になると、つい聞き耳を立ててしまう。馬鹿馬鹿しいが、船頭から見た関宿事情と言おうか。利根川と江戸川を結ぶ水上交通の要衝として、関宿が栄《さか》えているのがわかる。

　船頭たちの話を聞いているうち、関宿に帰りたい気分になってきた。父と母、そして兄の顔もしばらく見ていない。

（こういうのを、『里心《さとごころ》がつく』というのかな）

　虎之助はひとり笑った。

　廊下に足音がして、若い男の声がした。

「篠田さま」

「おう、開けてかまわんぞ」

「へい、失礼します」

　障子を開けたのは伊勢銀の丁稚《でっち》だった。

　前髪があり、仕着せの松坂木綿《まつさかもめん》の着物を尻《しり》っ端《ぱし》折《よ》りしている。足元は裸足だった。

「夕方、手紙が届きました。忘れておりまして、申しわけございません」

「ご苦労だった。べつに気にすることはないぞ」

虎之助は封書を受け取り、行灯の前で開封した。

そこには、

明日の日没後、田中屋

と、簡潔な指示が書かれていた。

田中屋《たなかや》は深川の伊勢崎町《いせざきちょう》にある茶漬屋《ちゃづけや》だが、北町奉行所の隠密廻《おんみつまわ》り同心の隠れ家でもあった。

第二章　浅草寺

一

女にしては低い声と、三味線の音色が外の通りにまで響いている。

〽いやでさえ、添うている人ある世の中に、好いて好かれて、ホントニソウダワネ、チョイト、添えぬとは、出雲《いずも》の神様、胴欲《どうよく》な、デモネ。

女将《おかみ》のお谷《たに》が三味線を弾きながら、端唄を口ずさんでいるのだ。

表の腰高障子《こしだかしょうじ》は閉じられていたが、屋内の行灯の明かりが、

御茶漬

田中屋

と書かれた文字を、ほのかに浮かびあがらせていた。

深川佐賀町から伊勢崎町まで夜道を歩いてきた篠田虎之助は、しばし表戸の前に立って、お谷の声と三味線に聞き惚《ほ》れた。

端唄が一段落したところで、表戸をトントンと叩く。

亭主の猪之吉《いのきち》がすぐに心張棒《しんばりぼう》を外し、戸を開けた。

「篠さん、旦那も親分もおそろいですぜ」

旦那とは、北町奉行所の隠密廻り同心、大沢靫負《おおさわゆきえ》のことだった。

親分とは、大沢から手札をもらっている岡っ引《おかっぴき》の作蔵《さくぞう》のことである。

虎之助が部屋にあがると、長火鉢を囲んで、大沢と作蔵が座っていた。やや離れて座っていたお谷が立ちあがり、三味線を壁に掛けようとしている。

「遅くなりました」

虎之助は腰の大刀を抜き、そばに横たえながら挨拶をした。

大沢は軽くうなずいただけで、

「また、ちょいとややこしいことがあってな。貴殿に動いてもらうことになりそうだ」

と、すぐに本題に入る。

黒羽織を着ていたが、袴は着けていない。大沢は町奉行所の同心のいでたちだった。変装姿から本来の姿に戻ったのだろうか。

江戸の市中を巡回する定町廻《じょうまちまわ》り同心、臨時廻《りんじまわ》り同心、隠密廻り同心は、三廻《さんまわ》りと呼ばれる。ところが、前の二者が与力《よりき》の支配下にあるのに対し、隠密廻り同心は奉行に直属し、隠密の捜査に従事した。

隠密廻り同心は変装して潜入捜査をすることもあるため、大沢は田中屋の二階の一室を借り、ここで衣装を替えていたのだ。

田中屋は茶漬屋というのは表向きで、猪之吉・お谷夫婦は大沢の配下でもあった。

「ややこしいと申されますと」

「寺院や神社は寺社《じしゃ》奉行の管轄で、町奉行所の役人が立ち入ることはできないのは、知っておろう」

「はい、おおよそ、知っております」

「貴殿は浅草《あさくさ》の浅草寺《せんそうじ》に参詣したことはあるか」

大沢の話題が急に変わった。

やや戸惑《とまど》いながらも虎之助が答える。

「いえ、まだ参詣したことはありません」

「そうか、まだ浅草寺に行ったことはないのか」

大沢は意外そうだった。

作蔵が茶々《ちゃちゃ》を入れる。

「篠さんは浅草寺の裏には行ったようですがね」

江戸市中から見ると、吉原《よしわら》は浅草寺の裏手に位置していた。浅草寺の裏と言えば、すなわち吉原を意味している。

お谷が冷やかす。

「おや、篠さん、隅《すみ》に置けないね」

「いえ、あれは人に頼まれたことがあり、それで行ったのでして。遊びに行ったのではありませんので」

虎之助がしどろもどろになった。

笑っていた大沢が表情を引きしめる。

「この際、浅草寺の概略を説明しておいたほうがよかろうな。

浅草寺は江戸で、いちばん大きな寺だ。その寺域、つまり敷地は十三万坪以上と言われている。

信仰の場であるのはもちろんだが、見物や行楽の場としても有名でな。境内には見世物《みせもの》小屋、楊弓場《ようきゅうば》、茶屋、料理屋などが建ち並び、とくに観音堂《かんのんどう》の裏手の、俗に『奥山《おくやま》』と呼ばれる一帯は、両国広小路と並んで江戸でも随一《ずいいち》の盛り場となっている。

この浅草寺のにぎわいに、一役も二役も買っているのが吉原でな。田舎から江戸見物に出かけてきた老若男女は浅草寺に参詣したあと、ちょいと足をのばして吉原見物をするのは、いわば定番だ。本当の目的は吉原で、浅草寺は口実の連中も多いようだがな。

浅草寺は大寺院だけに、寺域内に塔頭《たっちゅう》もたくさんある。塔頭とは、寺域内にある子院だな。泉凌院《せんりょういん》という子院があり……」

そこまで述べたところで、大沢が口をつぐんだ。

しばらく考えたあと、虎之助に言った。

「百聞は一見に如《し》かず、じゃ。明日、浅草寺に参詣してくるがよい。見どころは、あとで身共《みども》が教える。

しかし、ひとりで行っても、勝手がわかるまい。作蔵が案内する手もあるが、かえって怪《あや》しまれるかもしれないな」

「旦那、わっしの人相がよほど悪いようじゃないですかい」

作蔵が口を尖《とが》らせた。

猪之吉が横から評した。

「親分の人相は、お世辞にもいいとは言えねえですぜ」

「そうだな、お谷、おめえ、篠田どのを案内してやってくれぬか。

猪之吉、女房を借りてもかまわぬか」

「へい、それはかまいませんがね。

しかし、お谷、おめえ、浅草寺の案内なんぞ、できるのか」

「浅草には行ったことがあるけどね。でも、浅草の観音さまにはお参りしたんだけど、浅草寺はピンとこなくてさ。そんなお寺、あったかしらね」

お谷が首を傾《かし》げている。

猪之吉が吹きだした。

「おい、その『浅草の観音さま』が浅草寺のことだ」

「おや、そうだったのかい」

お谷は、はじめて合点がいったようである。

大笑いとなった。

作蔵が茶化す。

「篠さん、年増女《としまおんな》の色香に迷った若い武士という趣向ですぜ。ふたりそろって、観音さまに願掛けしていると見られるでしょうな」

「それだと、拙者はなんとなく、間抜けな役まわりのようになりますまいか」

「そこが、もっともらしいんでさ。人に疑いを持たれませんぜ」

「じゃあ、あたしは若いお武家をたらしこんだ年増っていう趣向だね」

みなが冗談を言いあっているなか、大沢は黙って煙管《きせる》をくゆらせていたが、おもむろに口を開いた。

「身共はちと考えていたのだがな。そういう組みあわせも悪くはないが、篠田どのが顔を覚えられる恐れがあるぞ。

『年増女に鼻毛を抜かれた若い武士は、いったいどんな面《つら》をしているのだろう』

と、みな興味津々《きょうみしんしん》で、篠田どのの顔をうかがい見るからな。寺の坊主などの印象に残るのはよくあるまい。

やはり、芸者と、三味線箱をかついで供をする芸者置屋《おきや》の若い者、という組みあわせがよかろう。そうすればみな、芸者の顔を眺《なが》める。若い者には一顧《いっこ》だにしないであろう。

おい、お谷、出かける前に、篠田どのが若い者に変装するのを手伝ってやれ。おめえなら、若い者の扮装はわかるだろう」

「へい、かしこまりました」

虎之助は大沢の指摘を聞きながら、その鋭《するど》さに感心した。さすが、変装に慣れた隠密廻り同心と言えよう。

大沢がさらに、

「それなりに金もかかるであろうから、あとで渡すぞ。では、見どころを教えておこうか」

と、見どころと称して、虎之助とお谷に観察すべき点を説明していく。

二

掘割《ほりわり》の仙台堀《せんだいぼり》が隅田川に流れこむ河口のあたりに、上之橋《かみのはし》が架かっている。

上之橋の近くにある船宿に、着物の左褄《ひだりづま》を取ったお谷がやってきた。素足に駒《こま》下駄《げた》を履いている。髪には鼈甲《べっこう》の櫛《くし》を挿していた。

お谷の供をしているのは、縞木綿《しまもめん》の着物を着て、手拭で頬被《ほおかぶ》りをした篠田虎之助である。肩に三味線箱をかついでいた。

「いらっしゃりませ。どちらまで、やりましょう」

船宿の女将《おかみ》が出迎え、愛想よく言った。

お谷が振り向いた。

「篠どん、河岸場はどこだい」

「へい、あっしはよく知らねえんですよ」

「なんだい、おまえさん、頼りないねえ。浅草の観音さまに行くのじゃないか」

「おや、それでしたら、駒形町《こまがたちょう》の河岸場に着けましょう。舟からおりたら、観音さままで歩いてすぐですよ」

女将はすぐに呑みこみ、船頭に声をかける。

声に応じて船宿の二階から、船頭が足音を立てて階段をおりてきた。

女将が船頭に、屋根舟《やねぶね》で駒形堂《こまがたどう》近くの河岸場まで送るよう命じる。

「へい、では、これからすぐに出しますので、こちらへ」

船頭が、隅田川に突きだした桟橋《さんばし》に案内する。

お谷、虎之助、女将が続いた。

ふたりが屋根舟に乗りこむのを手伝いながら、船頭はさりげなく、しかし熱っぽい視線でお谷を見つめている。いっぽう、虎之助にはまったく関心がないようだった。

お谷は猪之吉と所帯を持つ前、深川の櫓下《やぐらした》という岡場所《おかばしょ》の遊女だった。年季の途中、猪之吉に身請けされたのである。

田中屋の女将となってから、お谷はできるだけ地味な格好を心がけていたが、やはり男に対するちょっとした仕草《しぐさ》や物言いに濃密な色気が感じられる。

客の男のなかには「田中屋の女将は素人《しろうと》じゃねえな、きっともとは玄人《くろうと》だぜ」と、見抜く者もいるほどだった。

ところが、今日は晴れて芸者という身ごしらえである。お谷は誰はばかることなく、妖艶《ようえん》な色気を振りまいていた。船頭は気になってしかたがないに違いない。

「では、ごきげんよう」

桟橋の端まで見送りにきた女将が腰をかがめる。

船頭が護岸の石垣を棹《さお》で突き、虎之助とお谷をのせた舟が桟橋を離れた。

岸から離れたあと、船頭が櫓《ろ》を漕ぎ、舟は隅田川をさかのぼりはじめた。

屋根舟は中央に畳四枚くらいの座敷がしつらえてある。虎之助とお谷は、座敷に向かいあって座った。窓の簾《すだれ》は屋根の上に巻きあげられているので、川面《かわも》や両岸が見渡せる。

川には猪牙舟や荷舟はもちろん、帆を張った高瀬舟も行き交っていた。

「櫓下にいたころ、よく屋根舟に乗ったものでしたよ」

お谷が遊女時代の思い出話をはじめた。

虎之助は黙って傾聴《けいちょう》する。

「あたしがいた櫓下は油堀《あぶらぼり》という掘割のそばでしてね、店の前に桟橋があるのですよ。

余裕のある客人は、柳橋《やなぎばし》あたりの船宿で屋根舟や猪牙舟を雇い、隅田川をくだります。そして、隅田川から油堀に入って、櫓下にやってくるのです。そうすれば、歩くことなく店の前まで舟で乗りつけることができるんですからね。

そんな客人のなかには帰るとき、

『柳橋まで送ってくれよ』

という人がいましてね。

客人の乗った屋根舟に、女郎のあたしのほか、芸者衆なども乗りこんで、大騒ぎをしながら柳橋まで送っていくのです。客人にしてみれば、見栄《みえ》でしょうけどね。

あたしらにしてみれば、舟遊びを楽しみ、おまけに祝儀までもらうというわけです」

お谷がおかしそうに笑った。

話を聞きながら、虎之助は遊女の生活の華やかな一面だと思った。

しかし、遊女の暮らしは華やかな一面だけではない。また、お谷はそれを知っていたからこそ、猪之吉と新生活をする道を選んだのであろう。

そう考えると、お谷は聡明な女かもしれない。

「姐《あね》さん、駒形堂が見えてきやしたぜ。あのあたりが、駒形町です」

櫓を漕ぎながら、船頭が声をかけてきた。

左側を見ると、岸辺に堂が建っている。馬頭観音《ばとうかんのん》を祀《まつ》る駒形堂である。堂の左右は河岸場になっていた。

*

駒形町の河岸場で屋根舟をおりたあと、虎之助とお谷は歩いて浅草寺を目指す。

しかし、河岸場におり立ったときから、家並みの向こうに大伽藍《だいがらん》が見えている。

(これでは、案内人がいなくても道はわかるぞ)

虎之助は内心、つぶやいた。

しばらく、隅田川をさかのぼるように通りを歩くと、四つ辻になった。右に折れてやや進むと吾妻橋《あづまばし》、左に折れると浅草広小路である。ふたりは左に曲がった。

広小路は、多くの人出でにぎわっていた。道の両側には多くの屋台店が出ている。

俗に雷門《かみなりもん》と呼ばれる風雷神門《ふうらいじん》は広小路に面していた。門には巨大な提灯《ちょうちん》がつりさげられている。

雷門をくぐるのに先立ち、お谷が財布を取りだし、虎之助に渡した。

「篠どん、おまえさんにあずけるよ」

「へ、どうしてです」

「人ごみには掏《す》りが多いからね」

「へえ、そうなのですか」

「男だって、薄ぼんやりしていると狙われるからね。しっかり、ふんどしの中にでも入れておきな」

まるで、芸者置屋の若い者扱いだった。だが、虎之助は芸者の供をする若い者の役まわりなのだからしかたがない。

お谷は、武士の虎之助に横柄《おうへい》な口をきく機会を、このときとばかりに楽しんでいるようだ。

雷門をくぐり抜けると、参道がまっすぐに仁王門《におうもん》に続いている。右手には五重塔《ごじゆうのとう》が見えた。

参道の両側には多くの子院が連なっている。だが、これらの子院は、同心の大沢靫負が述べた「見どころ」ではなかった。

雑踏のなかを歩きながら、お谷が右手で虎之助の左手を握《にぎ》ってきた。

「離れ離れになるといけないから、手をつないでいこうよ」

「へ、へい」

虎之助は手が触れた途端、どきりとした。

どぎまぎして、頬が熱くなる。

女と手を握って歩くなど、生まれて初めてである。虎之助は胸の鼓動《こどう》が早くなった。人で混みあっているので、さほど目立たないであろうと自分に言い聞かせる。

ちらと横目でお谷の表情を見ると、とくにからかっているわけでも、誘惑しているわけでもなく、本当にはぐれるのを心配しているようだった。

（あっ、いかん）

虎之助は、ふところにお谷の財布があるのに気づいた。

いま、左手はお谷に取られ、右手は肩にかついだ三味線箱を支《ささ》えている。まさに両手を封じられた状態だった。もし、掏りにふところを探られたら、対処のしようがない。

やにわに緊張が高まるのを覚えた。全身で警戒するといおうか。女と手をつないでいても、虎之助は浮かれた気分とはほど遠かった。

仁王門をくぐり抜けると、観音堂がある。

「そうそう、昔、ここで手を合わせて、観音さまにお願いをしたんだった」

お谷が観音堂を見て、懐《なつ》かしそうに言った。

「なにを、お願いしたんですかい」

「いい男に身請けされますように、とね」

「じゃあ、姐さん、願いはかなったじゃありやせんか」

「半分はね。『身請け』はかなったけど、『いい男』のほうはかなわなかったわ」

「そんなこと言っちゃあ、猪之吉さんに悪いですぜ」

虎之助は声をあげて笑った。

もちろん、お谷の冗談とわかっている。

観音堂の前から右に、随身門《ずいじんもん》に至る道がのびていた。

いちおう観音堂で参拝したあと、随身門のほうに歩く。道の右手には楊枝店《ようじみせ》が多かった。

「観音さまの境内の楊枝店は、看板娘が美人ぞろいだよ」

お谷が言った。

店そのものは、どこも簡便な床店《とこみせ》である。

飾り棚には楊枝のほか、歯磨粉《はみがきこ》、お歯黒《はぐろ》用の五倍子《ふし》などが並べられていた。そのほか、鳩《はと》の豆などを売っている。

虎之助はざっと眺めて、たしかに美人が多いと思った。楊枝店には男の客が絶えないが、半分は看板娘がお目当てのようだ。

道の左手から喧騒と、太鼓や三味線の鳴り物の音が響いてくる。盛り場の奥山だった。

「本当だったら、奥山でちょいと、お芝居や見世物を見物していきたいとこだけどね」

「へい、今日ばかりは、そうもいかないですね」

虎之助も奥山には興味があった。

横目で眺めただけで素通りしなければならないのは残念だった。

随身門をくぐり抜けると、細い道が左右に走っている。道の向こう側には子院が並んでいた。

道を左のほうに、山門に掲《かか》げられた額を眺めながら歩く。

「ここですぜ」

虎之助がささやいた。

大沢が見どころと称していた、子院の泉凌院である。

山門をくぐって境内《けいだい》に入った。

子院とは言え、広さは千五百坪以上、ありそうだった。

また、浅草寺の寺域の東端に位置しているため、長方形をした泉凌院の境内の一辺は町家の猿若町《さるわかちよう》三丁目に接している。あとの二辺は、それぞれ別な子院と接していた。

境内には本堂のほか百観音堂《ひやくかんのんどう》、春日稲荷社《かすがいなりしや》、地蔵堂があった。

（百観音堂も見どころということだったが）

虎之助は大沢の言葉を思いだし、あらためて眺める。

土蔵造りで、間口二間（約三・六メートル）、奥行二間半（約四・六メートル）くらいだろうか。全体が古びているのに、扉付近だけが妙に新しく見えた。

近年、修復されたのだろうか。

そのとき、山門から数人の男が入ってきた。

見ると、人足ふたりと武士ふたりである。

人足は棒で桶をつるして運んできたようだ。虎之助は場所が寺だけに一瞬、死体を入れた早桶《はやおけ》かと思った。

しかし、よく見ると、早桶よりひとまわり小さい。

それにしても、男ふたりがかりで運んでいるとなると、かなり重いに違いない。

さらに、腰に両刀を差した武士がふたりも付き添っているのも不審だった。警護だろうか、それとも監視だろうか。

武士が人足になにか命じ、桶は庫裡《くり》の前におろされた。武士がじっとこちらを見ている。

虎之助は最初、なんとなく一行が百観音堂に向かうように見えた。ところがいま、ことさらに桶を庫裡の前におろし、こちらをうかがっている。

（連中の印象に残ってはまずいな）

最初は百観音堂に近づき、周囲を子細に観察するつもりだったのだが、虎之助は断念した。ここは、早く引きあげたほうがよいであろう。

「姐さん、そろそろ行きやしょう」

「そうだね。いちおう、お祈りだけはしていかなきゃね」

ふたりは賽銭箱《さいせんばこ》に銭を放り、参拝を済ませると、そそくさと泉凌院を出る。

歩きながら、お谷が楽しそうに言った。

「せっかくだから、お土産《みやげ》を買わないとね」

「へい、では、財布を返しやすよ」

ふたりは浅草寺の境内に戻った。

人出はさきほどよりも増えていた。とくに、奥山に向かう人の流れが絶えない。

「浅草餅を買っていきましょう」

お谷が言い、一軒の店の前に立ち止まった。

虎之助が見ると、たんなる黄粉餅《きなこもち》のようだった。

それでも、お谷は気前よく大量に買った。

浅草餅を竹の皮に包んでもらう。もちろん、土産を持つのは、虎之助の役目だった。

雷門を出ると、浅草広小路である。

「篠どん、浅草に来たからには、名物を食べていこうよ」

「名物とはなんですかい」

「奈良茶飯《ならちゃめし》さ。昔、観音さまにお参りにきたときも、食べたんだけどね。きっと、いまもあるはずよ。たしか、本間屋《ほんまや》とか言ったわね」

お谷が虎之助を引っ張っていく。

店先に置かれた置行灯《おきあんどん》には、

名　浅草雷門前角

＼本　御なら茶
　物　本間屋利八

と書かれていた。

ふたりは並んで床几《しょうぎ》に腰をおろした。

店内は混みあっていたし、男女の客も多いので、虎之助とお谷の組みあわせはさほど目立たない。

奈良茶ともいう奈良茶飯は、茶の煎じ汁で炊く茶飯に、煎《い》り大豆《だいず》などを加えて炊きあげ、茶汁をかけて食べるものである。

そのほか、ふたりが入った本間屋では、豆腐汁に煮染《にしめ》、煮豆もついていた。

「おいしいわね」

「あっしは奈良茶飯は初めて食べますがね、うまいですな」

「まさか、『もう田中屋の茶漬なんぞ食えない』と思っているんじゃないでしょうね」

虎之助は思わず豆腐汁を口から吹きだしそうになり、懸命にこらえる。

お谷も自分で言って自分で笑っていた。

食べ終えて本間屋を出ると、駒形町の河岸場を目指す。やはり屋根舟を雇って帰るつもりだった。日が暮れる前に、上之橋の近くの河岸場に着くであろう。

「ああ、今日はひさしぶりで気分が晴れたわ。若返った気分と言おうかしら。篠さん、ありがとう」

「いえ、こちらこそ、案内していただきまして恐縮です」

その堅苦しい挨拶に、お谷が楽しそうに笑った。

虎之助は今日、雑踏のなかをお谷と手をつないで歩いたことは、きっと一生忘れないであろうと思った。

三

隠密廻り同心の大沢靱負が、畳の上に袱紗《ふくさ》包《づつ》みを広げた。

「これがわかるか」

田中屋の奥座敷である。

行灯の明かりを受け、袱紗の上にのった数個の金属の粒が鈍《にぶ》く光っている。

猪之吉とお谷は指で粒を拾いあげ、

「二分金《にぶきん》ですな。しかし、茶漬屋では、客人はみな銭《ぜに》で払いますからね。二分金を目にすることは、まずないですな」

「二分金を出されたら、釣りに困ってしまいますよ。もし二分金を出す客人がいたら、あたしは、

『釣りなんか、ないよ。両替屋で銭に両替してから、食べにきな』

と、叱りつけてやりますよ」

と、夫婦それぞれ感想を述べた。

篠田虎之助は指で二分金をつまんだが、とくに感想はないので黙っていた。つい先日、内藤新宿の女郎屋の騒ぎの件で、お万から謝礼を受け取ったのを思いだすが、一分だった。

岡っ引の作蔵は、黙って笑いをこらえている。自分が手札をもらっている同心の意図を知っているようだ。

大沢が言った。

「みな、二分金には縁のない生活のようだな。いや、これは冗談だが。

では、種明かしをしよう。

四粒の二分金、合わせて二両があるが、その二分金はすべて贋金《にせがね》じゃ」

めている。


「え、贋金なんですかい」

「おや、あたしは区別できないですよ」

猪之吉とお谷は、指でつまんだ二分金を行灯の明かりで照らし、しげしげと眺めている。

虎之助も二分金を目に近づけて見たが、真贋《しんがん》の判定はできなかった。

「贋金と言われても、私はピンときませんが」

「素人に鑑定は無理だろうな。両替屋によると、銀台二分金といって、銀を台にして二重に鍍金《めっき》をしたものだそうだ。

つまり、銀の塊の上に金の薄い膜が張ってあるにすぎない。両替屋は天秤《てんびん》で重さを正確にはかることで、見抜くようだ。

この贋金は、両替屋仲間では『まるじゅう』と呼ばれている」

大沢が言った。

お谷が尋ねる。

「旦那、まるじゅうって、どういう意味なのですか」

「おい、作蔵、説明してやれ」

「へい、薩摩《さつま》藩島津《しまづ》家の家紋は『丸に十字』じゃねえか。丸に十字を略して、『まるじゅう』さ。両替屋仲間の符丁《ふちょう》だよ」

「へいへい、島津家の家紋の『丸に十字』は有名ですな」

猪之吉がうなずいた。

いっぽう、お谷はいっこうに感心した様子はない。

「いけ好かない薩摩の芋侍《いもざむらい》なら知っているけど、丸に十字は知らなかったですね」

深川の岡場所で遊女をしていたころ、客に薩摩藩士がいたのかもしれない。しかも、印象はよくなかったのであろう。

大沢はお谷の毒舌《どくぜつ》に苦笑しながら、虎之助に言った。

「貴殿は丸に十字は知っているであろう」

「はい、いちおうは知っておりましたが。この贋金は薩摩藩と関係があるのですか」

「うむ、薩摩藩と関係がある。それどころか、浅草寺とも関係がある。それで、今日、お谷に案内させて、貴殿に浅草寺を見物してきてもらった。

本題に入る前に、土産の浅草餅を食わせてくれ」

大沢は浅草餅を頰張《ほおば》り、茶を飲んだ。

煙管《きせる》で一服したあと、大沢が話を再開した。

「江戸で二分金の贋金が出まわりはじめたのは、十年ほど前のようだ。そのころ、身共はまだ見習いの身だったので、くわしいことは知らされていなかった。

ところが、北町奉行の大草安房守高好さまは早くも、十年くらい前から贋金のことを知っていたという。

というのは、大草さまは文政十年から天保四年まで、長崎奉行の任にあった。出島にあるオランダ商館のオランダ人からひそかに、日本の商人が支払う二分金の中に贋金があると知らされたのじゃ。オランダ人は金貨や銀貨の品質にはことのほか厳格だというぞ。贋金に最初に気づいたのは、長崎のオランダ人ということになろう。

そこで、長崎奉行所の役人が調べたが、やがてうやむやになり、調べは打ち切られた。また、オランダ人も強硬に捜査するよう申し入れてくることはなかったし、日本の商人との取引を拒否することもなかった。その理由は、おいおいわかろう。

さて、江戸で贋金が見つかり、北町奉行所と南町奉行所も手をこまねいていたわけではない。いわば総力をあげて調べたと言ってよかろう。やがて、出所が見えてきた。それが薩摩藩だ。

薩摩藩が贋金の出所らしいとわかり、奉行所は手を引いた」

「薩摩藩は外様《とざま》大名ではありませんか。なぜ、遠慮するのですか」

我慢できなくなり、虎之助が口をはさんだ。

やはり、関宿藩久世家は譜代《ふだい》大名という誇りがある。幕府の役人が外様大名に尻込みするのは納得がいかないし、腹立たしい気分だった。

大沢が表情を変えることなく言った。

「十一代将軍家斉《いえなり》さまの御台所《みだいどころ》である茂姫《しげひめ》さまは、薩摩藩主島津重豪《しげひで》どのの娘じゃ。娘が家斉さまの正室となることで、重豪どのは公方《くぼう》さまの岳父《がくふ》、つまり義理の父となったのだ。

そして、この贋金作りと流通は、藩主の重豪どのが暗黙の了解をしている疑いがあった。公方さまも岳父がかかわっているらしいと知り、黙過《もっか》した。つまり、見て見ぬふりじゃ。

となると、町奉行所の役人になにができる。手を引くしかなかろう」

「しかし、薩摩藩はなぜ、一歩間違えば藩の取り潰しにつながりかねないような、危ない贋金づくりなどをするのでしょうか」

「藩財政の悪化から抜けだすため、なりふりかまっておられぬというところだろうな。ついに贋金作りまで手を染めたわけだ。

全国の諸藩はどこも財政悪化に苦しんでおるが、薩摩藩は最悪で、破綻状態だったそうでな。そして、その原因のひとつを作ったが重豪どのじゃ。重豪どのは蘭癖《らんぺき》大名として有名でな」

「え、蘭癖とはなんですか」

虎之助は初めて聞く言葉だった。

猪之吉とお谷も、きょとんとした顔をしている。

「蘭学や西洋の文物を偏愛する趣味と言おうかな。蘭癖には開明《かいめい》を意味すると同時に、揶揄《やゆ》する意味合いもある。

そうだな、この際、重豪どのの事績をきちんと話しておいたほうがよかろうな。たしかに、傑物《けつぶつ》と言える人物ではあるぞ」

大沢は島津重豪一代記を語るつもりのようだ――。

薩摩藩は従来、武威こそ世にとどろいているものの、西南の辺境の地にあって閉鎖的で、人々は野卑《やひ》で粗暴《そぼう》、ほとんど蛮夷《ばんい》の国とみなされていた。

ところが、重豪が藩主となってから、薩摩藩は一変した。

重豪は開明的な政策を推し進め、安永年間（一七七二〜八一）には、鹿児島《かごしま》に藩校や医学院などを次々と創建した。また、各種の大規模な書籍の編纂《へんさん》事業を通じて学問を振興した。

本人も多芸多才で、とくに蘭癖だったことから、長崎を通じて西洋の文物を大量に購入した。

また、娘の茂姫と、御三卿《ごさんきょう》のひとつである一橋《ひとつばし》家の豊千代《とよちよ》との縁組をととのえた。薩摩藩の地位向上を狙ったのだ。

だが、これらは膨大な出費をともなう。薩摩藩の財政悪化の大きな原因となった。

天明七年（一七八七）、重豪は四十三歳で隠居した。

ところが、思いもしなかった運命の扉が開いた。

一橋家の豊千代が十代将軍家治《いえはる》の世子《せいし》に迎えられ、家斉と名乗ったのだ。

家治の死去を受け、天明七年（一七八七）、家斉は十四歳で、十一代将軍となった。

寛政元年（一七八九）、家斉と茂姫の婚礼が取りおこなわれた。茂姫は将軍の正室になったことになる。これにともない、重豪は将軍の岳父となった。

いわば、棚《たな》から牡丹餅《ぼたもち》式に、重豪は『公方さまの岳父』という、ゆるぎない地位を手に入れたと言える。

以来、重豪は隠居の気楽さと、公方さまの岳父という権威を思うがままに利用してきた。その好例が、シーボルトとの面会である。

文政九年（一八二六）年、オランダ商館長の江戸参府の一行に、医師のシーボルトが随行していた。シーボルトの令名《れいめい》は全国にとどろいており、長崎から江戸までの旅の途中、各地で蘭学者や蘭方医がこぞって面会を求めた。

蘭癖大名の重豪も例外ではなく、江戸の手前の大森《おおもり》で参府の一行を待ち受け、シーボルトと会見した。

しかし、これは幕府の許可を受けていなかった。普通であれば、隠居とはいえ大名が幕府に無断でオランダ人と会見するなど、許されるものではない。下手《へた》をすれば、お家の取り潰しにもつながりかねない無謀な行為だった。

だが、将軍の岳父には誰も手を出せない。家斉の耳にも入っていたかもしれないが、黙認したのであろう。

このことからも、薩摩藩に対して、幕府の役人が腫《は》れ物《もの》に触《さわ》るように接してきたのがわかる。

いっぽうで、薩摩藩はこれを利用して、財政再建のため、なりふりかまわぬ行為をしてきた。

そのひとつが密貿易である。薩摩藩が密貿易で巨利を得ているのは、公然の秘密と言えた。

もうひとつが、贋金である――。


「――さきほど、北町奉行の大草安房守高好さまが長崎奉行時代、薩摩藩が出所らしき贋金に気づいたが、なにもできなかったと述べたな。公方さまの岳父がいる薩摩藩には、長崎奉行も手を出せなかったのじゃ。

ただし、オランダ商館が黙認したのは、ちと事情が違っていたようだ。いわば、『小利を捨てて大利に付くべし』を実践したのだろうな。贋金による多少の損はあっても、重豪どのが牛耳《ぎゅうじ》る薩摩藩との取引を継続したほうが、はるかに儲かったからであろう。オランダの商人のしたたかさがわかるぞ。

かくして、長崎、そして江戸で、薩摩藩が出所らしい二分金の贋金が発見されたが、役人は手をこまねいて、なにもしない。これを見て、両替商たちは腹をくくった。江戸の商人もしたたかだぞ。

従来、両替屋は贋の二分金を見つけると、町奉行所に届け出ていた。だが、公儀の方針を見て取るや、真贋の区別をやめ、贋の二分金も真金として流通させたのじゃ。二分金には贋も本物もなしということだな。

ただし、両替屋同士の取引では、薩摩藩の贋の二分金は『まるじゅう』と呼んで、価値を低くして対応しているようだがな。自分たちは損をしないよう、仕組みをととのえているわけだ」

大沢の長い解説が終わった。

虎之助はやや圧倒された。

同時に、薩摩藩に対して腹立たしさもこみあげてくる。

「すると、いま二分金は、公儀の造った本物と薩摩藩の造った贋物が、なんの区別もなされずに流通しているということですか。その結果、薩摩藩は巨額の不正な利益を得ているわけですね」

「そのとおり。それがわかっていながら、幕府の役人はなにもできなかった。情けないかぎりじゃ。

だが、重豪どのは五年前の天保四年（一八三三）、高輪《たかなわ》の藩邸で死去した。八十九歳だった。人生五十年とされるなか、驚くべき長命と言えような。このことからも並の人物ではなかったと言えるぞ。

また、家斉さまは去年、将軍を退き、隠居された。まだ、大御所《おおごしょ》として実権を握っておられるが、少なくとも将軍ではない。

つまり、機は熟したということじゃ。薩摩藩の不逞《ふてい》の輩《やから》を叩きのめすぞ」

大沢が、ひたと虎之助を見すえる。

虎之助は背筋が寒くなった。

四

一艘の猪牙舟《ちょきぶね》が、桟橋に停泊している屋根舟に近づいてきた。

先日、篠田虎之助とお谷が利用した、上之橋のたもとの河岸場である。

屋根舟には、虎之助と大沢靭負が乗っていた。

ふたりとも町人の恰好をしていたが、大沢は小紋の羽織を着ている。そのため、商家の主人と供の手代《てだい》のように見えた。

「高輪《たかなわ》の河岸場を出ました。桶を積んでいます。人足がふたり、武士がふたり」

猪牙舟に乗った職人風の男が、屋根舟の中の大沢に告げた。

職人のいでたちをしているが、町奉行所の手の者らしい。

大沢はうなずいたあと、虎之助に言った。

「薩摩藩の高輪藩邸は海に近く、専用の船着場も持っておるからな。その船着場を出発したということじゃ」

虎之助は釈然としなかった。

関宿藩の江戸藩邸は、一ツ橋外に上屋敷、北新堀《きたしんぼり》に中《なか》屋敷、深川に下屋敷がある。関宿藩にかぎらず、諸藩の藩邸はほぼ上・中・下屋敷の三か所である。ところが薩摩藩は、七か所も藩邸があるという。

虎之助の疑問に対し、大沢が言った。

「身共もうまく説明できぬが、重豪どのが公方さまの岳父であることを楯《たて》に取って、薩摩藩は強引に多数の屋敷をものにしたのかもしれぬな。

ともあれ、高輪藩邸はかつて、重豪どのが住んでいたところだ。いまは、世子《せいし》の斉彬《なりあきら》どのが住んでいる。

斉彬どのはいまの薩摩藩主・島津斉興《なりおき》どのの長男で、重豪どのの曽孫にあたる」

「斉彬どのは『まるじゅう』のことを知っているのでしょうか」

「確証はないが、薄々《うすうす》は知っているのではあるまいか。

重豪どのは、ひ孫の斉彬どのをことのほか可愛がり、また将来に期待していたそうじゃ。大森でシーボルトと会見したとき、重豪どのは斉彬どのを同行していたほどだ。当時、十八歳だった斉彬どのに、強烈な印象を残したろうな。

曾祖父の影響もあり、斉彬どのは蘭癖大名として知られるようになった。また、英明という評判で、幕府や諸藩のなかには、斉彬どのが早く薩摩藩主になるのを望む声すらあるほどでな。

ところが、藩主の斉興どのがなかなか隠居しようとしないため、斉彬どのは三十歳になるが、まだ世子のままじゃ。だが、いずれ藩主となる。

お奉行の大草安房守さまには、今回の襲撃で、いずれ藩主となる斉彬どのに警《けい》鐘《しょう》を鳴らしておく意味もあるようだ」

「どういうことなのか、私にはわかりかねるのですが」

「大草さまは長崎奉行時代、そして北町奉行に就任してからも、薩摩藩の贋金には目をつぶってこざるをえなかった。

ところが、先日話したように、重豪どのは死去し、家斉さまも将軍を退いた。

いっぽう、大草さまは自分が北町奉行の任にあるのは、あとせいぜい一〜二年と見ておられる。そこで、自分が北町奉行のあいだに、薩摩藩にひと泡吹かせたいとお考えなのだ。

もちろん、町奉行の力では薩摩藩を処罰することなどできぬが、せめてひと泡吹かせて、奉行の職を退きたいということだろうな。

幕臣の矜持《きょうじ》と、幕府の役人の意地を見せたいと言おうか。そして、それがいずれ薩摩藩主となる斉彬どのに届けばよいということだな。

身共は大草さまのお考えが痛いほどにわかるぞ」

そのとき、猪牙舟の客が、

「来ました、あの荷舟です」

と告げる。

「よし、目立たないようにあとをつけてくれ」

大沢が屋根舟の船頭に命じた。

船頭は町奉行所の役人の仕事に慣れているようだ。簡潔な返事をすると、屋根舟の櫓を漕ぎはじめた。

＊

荷舟は高輪の船着場を出発したあと、海岸沿いに隅田川の河口にやってきた。そしていま、隅田川をさかのぼっていくところである。

舟にはとくに「丸に十字」の家紋を染めた旗などかかげられておらず、薩摩藩島津家の御用船とはわからない。見かけは、ただの荷舟だった。

その荷舟のあとを、虎之助と大沢が乗った屋根舟が追う。

虎之助が荷舟を眺めて言った。

「先日、お谷どのと浅草寺の子院の泉凌院にいたとき、人足ふたりが桶をかついで境内に入ってきました。そのとき、武士ふたりが付き添っておりました」

「いま、あの荷舟に乗っている連中だよ。顔ぶれは違っているかもしれぬがな」

「すると、荷舟にのせた桶の中身は……」

「中身は『まるじゅう』だ」

「そうでしたか。しかし、なぜ泉凌院に運びこむのでしょうか」

「貴殿は、昨今の銭相場で、金一両は銭何文と交換されているか知っておるか」

大沢の話題が突然、変わった。

虎之助は当惑するしかない。

会計などに従事する役人は別として、ほとんどの武士は銭相場などには疎《うと》いもの。それが武士の誇りというのが、虎之助の感覚だった。

「いえ、存じませんが」

「一両が六千七百文くらいであろう。すると、四分で一両だから、二分が三千三百五十文くらいだな」

「はい」

「浅草寺のにぎわいは見たであろう。毎日、浅草寺とその子院の賽銭箱に投じられる賽銭は莫大《ばくだい》だ。しかし、賽銭はほとんどが一文銭か四文銭じゃ。

たとえば、一文銭が三千三百五十枚、集まったとしよう。一文銭一枚の重さは一匁（四グラム弱）くらいだから、総重量はおおよそ三貫（約十一キロ）以上になるぞ。

一文銭のままだと三貫以上の重さになるのに、二分金に両替すればひと粒じゃ。二分金ひと粒の重さは二匁（約七・五グラム）にも届かぬぞ。

浅草寺にしても子院にしても、膨大な銭を二分金に両替したほうが、はるかに便利なのがわかろう」

「あっ、なるほど」

虎之助は思わず声をあげていた。

浅草寺が舞台になっている理由が、ようやくわかったと言おうか。下級武士も庶民も、日常生活で使うのはほとんどが一文銭か四文銭である。せいぜいが、百文に相当する天保銭であろうか。

銭が大量になったときの不便さなど、虎之助はこれまで考えたこともなかったのだ。

大沢が淡々と話を続ける。船頭も町奉行所の息のかかっている人間だけに、警戒する必要はないのであろう。

「浅草寺の雷門にほど近い浅草田原町《あさくさたわらまち》に、樋口屋《ひぐちや》という両替屋がある。この樋口屋がもっぱら、浅草寺とその子院に集まった賽銭の両替を引き受けている。つまり大量の一文銭や四文銭を、求めに応じて一分金や二分金、あるいは一両小判に両替し、手数料を取っているわけだな。

われらは慎重に樋口屋を調べた。すると、樋口屋は、芝にある薩州屋《さつしゅうや》という両替屋の分家ということがわかった」

「え、薩州屋という屋号からすると……」

「さよう、薩州屋の主人は、薩摩藩と縁故《えんこ》のある人間だった。要するに、樋口屋もぐるになっていると言えよう」

「では、泉凌院はどうかかわっているのですか」

「薩摩藩の人間が樋口屋に出入りすると目立つからな。それを避けるため、まるじゅうを詰めた桶をいったん泉凌院に運び、境内の百観音堂におさめる。泉凌院もぐるになっているのは、あきらかだ。

そして、樋口屋の奉公人が必要に応じて百観音堂から『まるじゅう』を引きだし、両替に応じるわけじゃ。

浅草寺の僧侶は、樋口屋から受け取った二分金が贋金とは夢にも知るまい。また、僧侶と取り引きする商人や職人たちは、相手が浅草寺だけに贋金が混じっているなど疑いもしないであろう。

こうして、浅草寺を経由して、まるじゅうが江戸の町に流通していく」

「薩摩藩、樋口屋、泉凌院が結託《けったく》しているわけですか」

虎之助は大きく息を吐いた。

薩摩藩の荷舟は駒形堂を過ぎ、さらに川をさかのぼる。吾妻橋をくぐり抜けて進み、やがて浅草山之宿町《やまのしゆくまち》の河岸場に接岸した。

「山谷堀《さんやぼり》まで行ってくれ」

大沢が船頭に命じた。

屋根舟は薩摩藩の荷舟の横を通り過ぎ、山谷堀に向かう。屋根舟に乗った虎之助と大沢は、吉原遊びの男に見えるであろう。

山谷堀は本来、隅田川にそそぐ川の名称だが、河口一帯をさす地名にもなっている。山谷堀には船宿が多く、吉原遊びの中継地でもあった。

江戸の各所から舟で隅田川をさかのぼり、山谷堀でおりて、あとは駕籠や徒歩で吉原に向かうのは定番だった。

五

篠田虎之助と大沢靫負は、山谷堀で屋根舟をおりた。

ふたりを見て、客待ちの駕籠の人足たちが次々と声をかけてくる。吉原に行くと思っているのであろう。さらに、茶屋の女もしきりに声をかけてくる。

それらの声を聞き流し、ふたりは歩いて駒形堂に向かった。

「ここで、しばらく待とう」

大沢は駒形堂の前に立ち止まる。

誰を待つのかは言わないが、虎之助もあえて尋ねなかった。

しばらくして、武家の娘と供の中間《ちゅうげん》が歩いてくる。ふたりの顔を見て、虎之助は思わず、

「あっ」

と叫びそうになった。

北町奉行・大草安房守高好の娘のお蘭《らん》と、大草家の中間の熊蔵《くまぞう》である。

お蘭は十六歳で、女にしては大柄だった。鼻筋が通り、瞳の色がやや青みを帯び、異相《いそう》とも言える容貌である。

じつはお蘭は、出島のオランダ人と丸山遊廓《まるやまゆうかく》の遊女のあいだにできた子だった。大草が長崎奉行のときに養女に迎え、江戸に連れてきたのである。

しかも、お蘭は戸田派武甲流《とだはぶこうりゅう》の薙刀《なぎなた》の免許皆伝で、裏芸《うらげい》の鎖鎌《くさりがま》にも習熟している武芸者でもあった。

大沢と虎之助に一礼したあと、お蘭が言う。

「荷舟が浅草山之宿町の河岸場に着き、桶をおろしました。人足ふたりが桶をか

つぎ、武士ふたりがそばを行きます。それを、つけました」

大沢が無言でうなずく。

虎之助は、荷舟が着岸する河岸場をお蘭が知っていたことに驚いた。すでに大沢と打ち合わせをしていたことになろう。

また、お蘭と熊蔵は河岸場の人混みのなかにまぎれていたことになるが、屋根舟に乗っていた虎之助はまったく気づかなかった。

「連中は猿若町《さるわかちょう》の町家を抜けて浅草寺の寺域に入り、そして泉凌院の山門をくぐって境内に入りました」

「泉凌院の中までは追わなかったのですな」

「はい、気づかれる恐れがありますから」

「うむ、それでよいですぞ。

さあ、舟で行きますかな。四人は充分に乗れますぞ」

大沢は、駒形堂の近くの河岸場に停泊した屋根舟を示した。さきほど山谷堀で下船したとき、船頭に舟をまわしておくよう命じていたのである。

「身共はいったん奉行所に戻るつもりですが、お蘭どのはどこがよろしいか」

「あたしも奉行所にまいります。父に会って話したいことがありますから」

「そうですか、では、北鞘町《きたさやちょう》の河岸場に着けますかな」

日本橋川は隅田川に流れこんでいる。隅田川から日本橋川に入り、北鞘町の河岸場で上陸すれば、北町奉行所までは歩いても指呼《しこ》の距離だった。

大草は奉行に就任以来、北町奉行所内の役宅に住んでいたのだ。

「貴殿は、どうするか」

「私は浜町河岸のあたりでおろしていただけますか」

虎之助は浜町河岸でおり、田所町にある神道夢想流杖術の吉村道場に顔を出すつもりだった。

「うむ、そうしよう」

途中で虎之助が下船し、あとは三人が北鞘町の河岸場まで行くことになった。

四人が桟橋に向かって歩きはじめたところで、肩に手拭をかけた男が虎之助に声をかけてきた。

「おい、おめえさん、ちょいと待ちな」

険悪な目つきだった。

虎之助もすぐに思いだした。

以前、吉原大門の外の五十間道で、鉄扇《てっせん》で叩きのめしたならず者だった。そのとき、虎之助は武士の格好をしていた。

「てめえ、侍《さむれ》ぇに化けていやがったんだな」

男が右手をふところに入れた。

相手が武士に偽装していたと誤解したようである。武士と思っていたものが町人とわかった途端、激しい憎悪がこみあげてきたようだ。

（刃物を持っている）

虎之助は肛門から脳天に突きあげるような恐怖を覚えた。

いま、腰に両刀を差していないどころか、鉄扇も持っておらず、まさに丸腰だった。

脳裏に、柔術師範・木下兵庫の、素手で刃物に対処するときの教訓が浮かぶ。

第一は、走って逃げること。

だが、自分が逃げ去れば、連れである大沢やお蘭、熊蔵に男の怒りの矛先《ほこさき》が向かいかねなかった。三人も虎之助と同様、丸腰なのだ。

第二は、武器の代用を使うこと。

そして、第三はない。

（なにか、ないか）

虎之助は大沢、お蘭、熊蔵を巻きこまないよう三人から離れながら、すばやくあたりを見まわした。

駒形堂は低い木の柵で囲われている。その柵のそばに、柄杓《ひしゃく》を差しこんだ水桶が置かれていた。

じりじりと虎之助に迫りながら、男がふところから右手を出した。手には匕首《あいくち》が握られている。

虎之助はとっさに柄杓を手に取った。

柄は細く、軽く、武器としてはあまりに頼りない。だが、まったくの素手よりはましなはずだった。

虎之助は右手で柄杓を突きだし、構えた。

「ふん、苦しまぎれか」

男が唇をゆがめ、残忍な笑いを浮かべた。たかが柄杓と、小馬鹿にしているらしい。たとえ柄杓で頭を打たれても、柄が折れるのが落ちであろう。

だが、虎之助は柄杓を構えることで、それまでの切迫感がやや薄れた。少なくとも相手との間合いを確保できる。虎之助は落ち着きを取り戻し、柔術の構えに移った。

「野郎、死にやがれ」

男が匕首を両手で握って腹部に構え、上体をややかがめて、身体ごと突っこんでくる。

柔術の刃物対素手の形にあるような、腕をのばす突き方ではない。刃物を腰だめにし、身体ごと突進してくる。男がこれまで人を刺したことがあるのをうかがわせた。

虎之助は、柄杓を男の顔面に向けて突いた。わずかに柄杓は顔面には届かなかったが、男はやはり反射的に顔を逸《そ》らす。

そのため、突っこんでくる体勢が乱れた。

すかさず、虎之助は身体を寄せると、男の匕首を持った腕の関節を決めた。関節を決められ、男は苦悶のうめきを発し、上体がのびる。

虎之助は男の身体を腰にのせると、前方に投げた。

男の両足が空に弧を描き、裾《すそ》が割れてふんどしが見える。そのまま、男は背中からドサッと地面に落ちた。もちろん、受身を知らないため、したたかに後頭部も打ったようだ。

男はピクリともしない。失神状態のようだ。しばらくは起きあがれないであろう。

虎之助は落ちている匕首を拾いあげ、遠くに放り投げたあと、柄杓をもとの水桶に戻した。

「さあ、早く行きましょう」

虎之助が三人をうながす。

四人が屋根舟に乗りこむと、船頭がすぐに棹を使って桟橋から舟を離した。

その後、船頭は櫓に切り替え、隅田川をくだっていく。

屋根舟が河岸場を離れたあとになって、虎之助は全身から汗が吹きだすのを覚えた。

(危ないところだった)

もし柄杓を手にしなかったら、どうなっていたかわからない。

虎之助は、兵庫の述べたことが正しかったのを痛感した。

六

「貴殿は、あちこちで恨みを買っているようだな」

舟の中に落ち着くと、大沢靱負が言った。

笑っていたが、案じる語調でもあった。

「はあ、ちと因縁のあった男でしたが。まさか、あそこで出会うとは思いませんでした」

篠田虎之助はため息をついた。

大沢がふところから鉄扇を取りだした。

「身共は所持していたのだが、あいにく渡す暇《ひま》がなかった」

鉄扇といっても鉄製ではなく、唐木《とうぼく》という硬い木でできていた。長さは一尺三寸（約三十九センチ）ほど、重さは七十二匁（約二百七十グラム）ほどで、町奉行所の同心の秘武器である。

「はあ、そうでしたか」

虎之助は大沢が鉄扇を持っていたのかと知ると、やや腹立たしい気がした。だが、渡す暇がなかったというのは本当であろう。

三人を巻きこまないよう、虎之助のほうから離れて、距離を取ったのだ。ともあれ、柄杓に救われた思いである。

「もうひとつ、貴殿用に鉄扇を用意する。今後、丸腰のときは鉄扇をふところに忍ばせておくがよかろう」

「はい、そういたします」

ふたりの話が一段落したのを見て、お蘭が口を開いた。

「篠田さま、さきほどの相手を投げ飛ばした技は、なんですか」

「柔術です」

「えッ、杖術のほかに柔術の稽古もしているのですか」

「はい、内藤新宿に木下道場という天神真楊流柔術の道場がありましてね。木下兵庫・万という夫婦がやっております。妻のお万どのは、友人の原牧之進の実の姉でしてね。そんな関係で、拙者は入門したのです」

「そうでしたか。木下道場では女は稽古できるでしょうか」

「ほかの柔術道場では、女の入門は許さないはずです。しかし、木下道場では女の弟子も取っています。

男と女で日を分け、兵庫先生が男の弟子に、お万先生が女の弟子に稽古をつけているようです。日が分かれているので、拙者も女の弟子の稽古は見たことはありませんが」

「そうですか」

お蘭が唇を引きしめている、
木下道場に入門するのを考えているに違いない。

大沢は困ったような表情を浮かべていた。お蘭が父の、北町奉行大沢安房守に懇願《こんがん》するのを想像しているのであろう。

虎之助は、よけいなことを言ってしまったのかもしれないと、やや後悔した。

大沢が口調をあらためた。

「さて、難題は、まるじゅうを詰めた桶を輸送するとき、護衛についているふたりの薩摩藩士じゃ。おそらく、ふたりは示現流《じげんりゅう》の使い手であろうな」

「示現流とはなんですか」

虎之助が口を開く前に、お蘭が言った。

大沢が苦笑をこらえて答える。

「薩摩藩に伝えられている剣法です。身共もくわしいことは知らぬのですが、江戸ではいまや防具を身に着けて竹刀で撃ちあう道場剣術が一般的ですが、示現流は苛烈で実戦的な剣術のようですぞ」

「ふ〜む」

虎之助とお蘭が、ほぼ同時にうなった。

杖との対戦を虎之助が瞬時に頭に思い描いたのに対し、お蘭は薙刀や鎖鎌で立ち向かうことを思い描いているに違いない。

大沢があっさり言う。

「示現流とは、まともに立ち合わないほうがよいでしょうな」

「え、対決を避けるということですか」

お蘭が納得がいかぬと言わんばかりの表情になった。

虎之助は、すでにお蘭が襲撃隊に組みこまれているとわかり、意外でこそなかったが、やはり驚いた。父親の大草に直談判したのだろうか。

「避けるのではなく、相手に示現流を使わせないようにするのです。相手の得意技を封じるわけですな」

「でも、どうやって」

「篠田どのが得意な船戦《ふないくさ》に持ちこむのです」

大沢が言った。

関宿育ちの虎之助は幼いころから、利根川や江戸川で泳いでいた。さらに、舟の櫓を漕ぐこともできた。

お蘭もそのことは知っているので、異論は述べない。

意外と素直に納得する。

「篠田さまが舟の扱いに慣れているのは、存じておりますが」

「それを生かし、敵を封じこめようというわけです」

大沢が説明をはじめた。

虎之助が下船するのは浜町河岸である。大沢はそれまでに説明を終えるつもりのようだ。

第三章　奇　襲

一

「篠田さま、お客さまですよ」

手代が廊下から声をかけてきた。

篠田虎之助はさきほど、神道夢想流杖術の吉村道場から戻ってきたところだった。

丁稚ではなく、手代がわざわざ船頭部屋まで伝えにきたことになる。虎之助は、来客は武士であろうと判断した。

伊勢銀の入り口に向かうと、広い土間に関宿藩士の小島彦九郎《こじまひこくろう》が立っていた。

土間に出入りする人足たちは、羽織袴姿で腰に両刀を差した小島に、なるべく近寄らないようにしているようだ。

その理由は虎之助にもすぐわかった。小島が全身から剣呑《けんのん》な雰囲気を発していたのだ。

「おう、貴殿か。いつ、江戸に出てきたのか」

虎之助がことさらに気楽そうに言った。

ふたりは顔見知りである。関宿では、同じ剣術道場に通った仲だった。ほぼ年齢は同じだが、相手はすでに家督を継ぎ、小島家の当主である。

小島はにこりともせず、硬い表情のままささやく。

「一昨日の夜、関宿河岸から夜船に乗り、昨日、江戸に出てきた。ちと、外に出られぬか」

「うむ、かまわぬが」

「では、真向かいの河岸場にいる。来てくれ」

小島はそう告げると、土間から外へ出ていった。

虎之助はあとに続こうとして、すぐに考え直した。いま、腰には脇差しか帯びていない。

やはり、用心するに越したことはない。

いったん船頭部屋に戻り、腰に大刀を差し、さらにふところに鉄扇を隠したあと、虎之助は伊勢銀を出た。

河岸場に行くと、隅田川の対岸のかなたに夕日が眩《まばゆ》い。雲が赤く染まっていた。小島の姿は黒い影に見える。

「お待たせした」

「人の少ないところに行こう」

小島が先に立って、隅田川をさかのぼるように歩きだす。

虎之助は黙って歩いた。

上之橋を渡って仙台堀を越えると、右手は大名家の下屋敷で、左手は隅田川だが河岸場はない。そのため、急に人通りが少なくなる。

隅田川を行き交う舟は、提灯をともしていた。そのほのかな明かりが川面を右へ左へと流れていく。


「このあたりでよかろう」

「うむ、ずいぶん深刻そうな顔をしておるが」

「深刻な事態なのだ。お下屋敷に、不逞の輩がたてこもっておってな。殿の御側御用取次の阿部邦之丞さまは知っておろう」

「うむ、存じあげている」

「阿部さまは人質になっている」

「えっ、どういうことか」

虎之助は衝撃を受けた。

容易ならざる事態と言えよう。とにかく早く知りたいため、思わず小島に詰め寄る。

「まあ、落ち着け。これから、いきさつを説明するが、悠長に話している暇はないので、かいつまんで言うぞ。

関宿河岸を利用する高瀬舟の船頭たちが博奕《ばくち》をしているのは知られていたが、川関所の役人も大目に見ていた。連中にとって、『呑む、打つ、買う』は楽しみだからな。

ところが、連中が積荷を抜き取り、横流ししている疑いが出てきた」

虎之助は小島の話を聞きながら、緊張で胸苦しくなってきた。父親は川関所の役人だったのだ。

東北地方から米などの物資を運んでくる船は、利根川河口の銚子（千葉県銚子市）に寄港する。そこで河川用の舟に荷物を積み替え、利根川をさかのぼり、関宿で江戸川に入る。

　あとは江戸川をくだり、掘割の小名木川を経由して隅田川に入って、江戸の各地の河岸場に届けるという、安全で迅速な経路が確立していた。

　そのため、関宿河岸は江戸を支える、水運の要衝だったのだ。

　関宿河岸の不正がおおやけになっては、関宿藩にとって甚大な打撃となる。

「積荷の横流しとは、由々《ゆゆ》しきことだな。関宿河岸の信用どころか、関宿藩の信用までもが失われかねないな」

「そこで、川関所の役人が中心になってひそかに調べた。すると横流しにかかわっている船頭や水夫《かこ》が十人ほどいた。さらに、連中の背後に甲斐田求馬《かいだきゅうま》どのがいる疑いが出てきた。なんと、藩士の甲斐田どのが黒幕で、横流しを指示していたのだ」

「甲斐田求馬……面識はないが、名を聞いたことはある。教倫館《きょうりんかん》で秀才の誉《ほま》れ高かったとか」

　関宿藩の藩校・教倫館は十五年前の文政六年（一八二三）に開校した。武道場はなかったので、「文」のみの教授だった。

　この教倫館で、甲斐田は秀才と言われていたのだ。

「うむ。しかし、秀才と言われたのは教倫館のときだけでな。その後、お役に就いたものの鳴かず飛ばずで、周囲からは無能とか愚昧《ぐまい》などと評されていた。最近では、ほとんど役職から外される始末でな。そんな不満が鬱屈《うっくつ》していたのかもしれぬ」

「ふうむ、教倫館の秀才が、いまや不正の黒幕か」

「甲斐田どのをはじめ、不正をおこなっていた船頭や水夫を一網打尽《いちもうだじん》にしようとした。だが、その矢先、甲斐田どのは十人ほどを率いて高瀬舟を乗っ取り、関宿から逃亡し、江戸へ向かった」

「貴公はそれを追って、江戸へ出てきたわけか」

「さよう。剣術の心得のある拙者ほか四人が命じられ、高瀬舟であとを追った。しかし、間に合わなかった。連中はお下屋敷に押し入り、占拠してしまったのだ」

「お下屋敷には、天野《あまの》七兵衛《しちべえ》さまがいたはずだが」

「天野さまは真っ先に人質になった」

「そうだったか。しかし、お下屋敷に立てこもるなど、前代未聞だな。甲斐田どのはなにを企《たくら》んでいるのだ」

「揺さぶりをかけているのさ。藩内の騒動がご公儀に知れれば、藩主の久世広周さまは譴責《けんせき》をまぬかれまい。

広周さまは去年、幕府の奏者番《そうじゃばん》になられた。いずれ老中《ろうじゅう》になると見られている。ところが、今回の騒動が表沙汰《おもてざた》になると、老中就任はふいになろう。

それどころか、最悪の場合は改易《かいえき》となって、関宿藩は取り潰しになりかねないぞ。

そこで、甲斐田どのは取引を持ちかけているわけだ。すべてを水に流し、それを保証するなら、静かに退去する、と」

「う〜ん」

虎之助も事態の深刻さがわかり、うなるしかない。

つい最近まで下屋敷内の長屋に住んでいただけに、虎之助は甲斐田の軍略が、なかなかのものだと思った。

まさに、難攻不落の砦《とりで》に立てこもったのに等《ひと》しい。

「拙者はちょいと前までお下屋敷に住んでいたので知っているのだが、敷地内に掘抜き井戸があるので、水には不自由しない。蔵にはいざというときのために米俵や味噌壺がびっしり詰まっている。その気になれば、一か月でも二か月でも籠城できるぞ」

「そこだよ。ご公儀に知れないうちに、また町の噂になる前に解決しなければならない。そこで、殿の意を受けて、阿部さまが交渉にお下屋敷に出向いた。ところが、囚われの身になってしまったわけだ。

とにかく、早急に解決せねばならぬ。下屋敷に奇襲をかけ、阿部さまや天野さまを救いだすことになった。甲斐田どの以下、不逞の船頭や水夫は、逆らう者は斬って捨ててもかまわぬとの命令だ。

貴殿にも加わってもらうぞ」

小島の頬は青ざめ、目は血走っている。

夜船以来、ほとんど寝ていないこともあろうが、やはり極度の緊張のせいに違いない。

虎之助も緊張で身震いしそうになった。

「うむ、もちろん拙者も加わる。急ぐとなれば、今夜、夜襲をかけるのか」

「いや、夜は駄目だ。取り逃がす恐れがあるし、騒ぎが周辺の町家に聞こえるのはまずい。さらに、騒ぎで行灯や燭台《しょくだい》が倒れ、火事にでもなったら一大事だ。評議の末、次のように決まった。

明日の払暁《ふつぎょう》、決行する。寝込みを襲うのだ。表門は固く閉じられているので、梯子《はしご》を使って塀を乗り越える作戦だ。

これから、いちばん大事なことを伝える。

貴殿に指揮をしてもらいたい」

「え、拙者が……」

「うむ、拙者はご家老から、『篠田虎之助に指揮をさせよ』と言い渡されたのだが、じつは殿のご意向のようだ。

理由はふたつ。

ひとつは、貴殿はお下屋敷に住んでいたので、屋敷内の状況を知っていること。

もうひとつは、貴殿は実戦の経験があること。

これで、納得がいったろう」

「うむ、わかった。引き受ける。

しかし、拙者が指揮をする以上、拙者の下知《げち》に従ってもらうぞ」

「うむ、それがご家老の、そして殿のご意向だからな。われらは従うぞ」

「よし、では、死人は極力、出さないようにする。また、夜明け前に梯子で塀を乗り越える作戦はやめよう」

「え、では、門を破って入るつもりか」

小島は唖然としている。

だが、虎之助の頭に閃《ひらめ》いたものがあったのだ。

「拙者に任せてくれ。もっとよい奇襲作戦があるのだ」

虎之助は小島に、自分の考えと、明日の未明に落ちあう場所を説明した。

「ふ～む、そうか。よし、承知した。お上屋敷に戻ったら、みなに伝える」

すでにあたりは暗くなっている。

小島は駕籠を雇って関宿藩の上屋敷に帰るのであろうが、きっと今夜もほとんど眠れないに違いない。

別れ際、小島が言った。

「討ち入り前夜の赤穂浪士《あこうろうし》も、こんな気分だったのかな」

「なるほど、貴殿、うまいことを言うな。拙者も、そんな気分だ」

「では、大石内蔵助《おおいしくらのすけ》どの、失礼しますぞ」

そう言うや、小島が歩き去る。

虎之助は小島の冗談に笑ったが、頬がゆがんだだけで、声は出なかった。

二

伊勢崎町の小料理屋や一膳飯屋などは軒先の掛行灯《かけあんどん》に灯がともり、中から人の声が聞こえてくる。どこもまだ、にぎわっているようだ。

茶漬屋の田中屋はすでに掛行灯の灯が消え、表戸も閉じていたが、別に変事が起きたわけではない。

田中屋は暮六ツ（午後六時頃）で営業をやめ、通いの女中や下女はみな帰宅してしまう。住込みの奉公人は、耳の聞こえない下男ひとりだった。

つまり、暮六ツ以降は、猪之吉とお谷にとって、隠密廻り同心の配下としての時間帯なのだ。同心の大沢靱負が内密の話をしても、住込みの下男は耳が聞こえないので安心というわけである。

篠田虎之助は、表戸をトントンと叩いた。

「どなたですかい」

「拙者じゃ」

心張棒を外して、猪之吉が戸を開けた。

「おや、篠さん。今夜は、旦那も親分も来ていませんぜ」

「それはわかっておるのですが、ちと、頼みがありましてね」

「そうですか、おあがりなさい」

虎之助が土間から上にあがると、お谷は長火鉢のそばに座っていた。

長火鉢の猫板《ねこいた》に徳利と湯呑茶碗、肴《さかな》をのせた皿が置いてある。夫婦で晩酌をしていたらしい。

「夫婦水入らずのところを申しわけない」

「いや、もう、そんな歳ではありませんよ。ところで、頼みとはなんですか」

「これは大沢さまの指示ではないのですが、関宿藩の件で、例の抜け道を使わせていただきたいのです。人に知れずに、お下屋敷に行きたいものですから」

虎之助としては、たとえ猪之吉・お谷の夫婦であっても、関宿藩の内紛《ないふん》を迂闊《うかつ》に話すわけにはいかない。

秘密の抜け道とは、下屋敷内に住み、門限に縛られていた虎之助のために、夜間でも自由に行き来できるよう、岡っ引の作蔵が大工に頼んで作らせたものである。

「それはかまいませんが、戻りはいつになりますか」

「おそらく、半時（約一時間）もせずに戻ってくると思います。ところで、そのころ、端唄を唄っていてもらえませぬか」

虎之助がお谷に言った。

お谷は驚いて問い返す。

「どうしたんですか、藪《やぶ》から棒《ぼう》に」

「戻ってくるとき、声と三味線の音色を頼りにしますから」

「あら、篠さん、嬉しいことを言ってくれますね。あたしの声と三味線を頼りにするですって」

「おい、あんまり張りきりすぎるなよ。なんなら女房の三味線で、あっしの渋い喉《のど》を聞かせてもよござんすぜ」

猪之吉が茶々を入れた。

虎之助は大刀を鞘ごと抜いて壁に立てかけたあと、土間に戻って、さきほど脱いだ草履《ぞうり》を拾いあげた。

片手に草履を持って、奥座敷に向かう。

奥に板戸があった。板戸を横に引くと、せまい板敷きである。板敷きから草履を下に置き、土間におりた。

せまい土間は板壁で仕切られている。板壁端に指をかけて引っ張ると、隙間ができた。

隙間を抜け出ると、目の前に黒板塀があった。すでに田中屋の建物から出たことになる。

板塀に小さな節穴《ふしあな》がある。その節穴をめあてにしてそっと押すと、塀の一部が向こう側に動き、人がかろうじて通れるほどの隙間ができた。

虎之助は板塀の隙間を抜けて、外に出る。

そこは、関宿藩の下屋敷だった。


下屋敷の敷地は、およそ一万三千坪という広大さである。

庭には大きな池があり、各種の建物も建ち並んでいるのだが、曇っていて月明かりも星明かりもほとんどないため、ただ黒々と塗り潰されているだけだった。

虎之助は住んでいただけに、この闇が広大なのがわかる。

まず、自分が住んでいた長屋を眺めたが、多数あるはずの部屋はどこにも灯がともっていない。

（ということは、お長屋は無人だな。みな、母屋のほうに集まっているに違いな

い）

たしかに、虎之助が見ると、母屋らしき場所のあちこちに灯がともっている。甲斐田求馬らが分散していないのを知り、虎之助も安心した。甲斐田にしてみても、この広い敷地内に分散していたらいざというとき間に合わないため、人間を集中させているのであろう。

木々が落とす闇の中に立ち、耳を澄ます。とくに、敷地内を巡回している足音はない。聞こえるのは虫の声だけである。

不意に水音がするのは、池の魚が跳ねているのであろう。

敷地内を見まわる者がいないのは、逆に不思議だった。

（もしかしたら、罠《わな》を仕掛けているのか）

そう考えると、不安がつのる。

下屋敷の敷地は多角形をしており、通りに面した部分は大名屋敷らしい堂々たる海鼠塀《なまこべい》だった。しかし、そのほかの、武家屋敷や町家に接した部分は、簡素な黒板塀である。そのため、伊勢崎町にある田中屋とのあいだに抜け道も作れたのだ。

（甲斐田どの以下、門さえ固く閉じておけば、誰も高い塀を乗り越えられるはず

がない、と思いこんでいるのであろうな）

　虎之助は足音を忍ばせ、母屋に近づく。

　膝くらいの高さに光るものがあるのを見て、ドキリとした。光るものがさっと走り、消え去る。濡縁《ぬれえん》に猫がいたようだ。

　一室から数人の話し声がする。酒を呑んでいるらしい。

　どこかに、阿部邦之丞と天野七兵衛が監禁されているはずである。

（まさか、縄で縛られていることはあるまいが）

　虎之助はふたりが両刀を奪われ、監視下に置かれている状態を想像した。

　ふと、庭に面した障子を細めに開き、内部をのぞこうかと思った。

（いや、危険すぎる）

　母屋を離れ、表門のほうに歩いた。

　門のそばの番人小屋から、ほのかな明かりが漏れている。

　虎之助が闇に身を隠しながら近づくと、男がひとり、小屋の中で茶碗酒を呑んでいた。船頭や水夫が交代で夜通し、門番をしているのであろう。

　そばに、行灯と銅鑼《どら》らしきものが置かれている。いざというときは、銅鑼を鳴らして異変を知らせるつもりらしい。

(ふうむ、それなりに備えをしているな)

虎之助は背後からそっと忍び寄り、木下兵庫から習ったばかりの裸絞《はだかじ》めで男を絞め落としたいという誘惑に駆られた。柔術の絞め技を実践する、絶好の機会である。

(いかん、いかん。払暁の作戦が台無しになりかねないぞ)

自分で自分を戒《いまし》め、虎之助は秘密の抜け道に戻る。

下屋敷の黒板塀のそばまで来ると、周囲が静かなせいか、お谷の声と三味線の音色がかすかに聞こえてくる。

まったく見えないため、音を頼りにしながら板塀を撫でまわしていると、ようやく節穴が見つかった。

あとは、さきほどとは逆の手順で下屋敷を抜けだし、田中屋の建物に入りこんだ。

途端に、音が大きくなる。

〽秋はうれしや二人並んで月見の窓、いろいろ話もきくの花、しかとわからぬ主《ぬし》の胸、ちょいと私は気がもみじ。

〽冬はうれしや二人ころんで雪見の酒、苦労知らずの銀世界、話も積もれば雪も積む、ちょいと、とけます炬燵《こたつ》なか。


端唄はすでに秋になっていて、冬で終わった。

虎之助は春と夏を聞き逃したようである。

板戸を開けながら、声をかけた。

「戻りました。三味線の音色と端唄の声に助けられましたよ」

「おや、そうでしたか」

お谷が三味線を膝からおろす。

猪之吉が言った。

「探し物は見つかったのですかい」

「いや、そうではなく、偵察に行ってきたのですがね。

じつは、明日の夜明け前にも、抜け道を通らせていただきたいのですが。ただし、片道です。帰りはお下屋敷の表門から出ますから」

「ええ、まあ、行き先が行き先ですから、駄目とは言えませんがね」

猪之吉もさすがに不審がつのってきたようである。

虎之助は、ある程度までは言わざるをえないと覚悟した。

「関宿藩久世家の不祥事にかかわることなので、くわしいことは勘弁していただきたいのですが。お下屋敷内に、ある人物が囚われの身になっており、拙者が救出を命じられたのです。いわば、大名家の御家騒動ですね。

それで、今夜、偵察に行った次第でして。実際に行動に移すのは明るくないと無理ですから、明日未明、あらためて潜入するのです」

「ほう、そうですか」

「御家騒動はお芝居で観たことがありますけどね。篠さん、うまく助けだしたら、お手柄じゃないか。抜け道から堂々と戻っておいでなさいよ」

「おい、お谷、『抜け道から堂々』てぇのは妙だぞ」

大笑いになる。

猪之吉が口調をあらためた。

「夜明け前ですか」

「はい、まだ暗いうちにお下屋敷内に忍びこみ、夜が明けるのを待つつもりです」

「あっしら夫婦はまだ寝ていますが、下男の爺さんは夜明け前から台所で飯炊きをします。ですから、表の戸はもう開いているはずです。勝手に入ってください」

「わかりました」

虎之助は、壁に立てかけていた大刀を手に取った。

＊

虎之助が伊勢銀の船頭部屋に帰ると、番頭の伝兵衛がやってきた。

すでに羽織は脱ぎ、床着の上に綿入れを羽織っていた。寝床に入っていたのだが、虎之助が帰った様子を知って、布団から抜け出てきたようだ。

その硬い表情を見て、虎之助は相手の用事がすぐにわかった。関宿河岸の変事はもう伝わっているに違いない。

関宿河岸を経由する高瀬舟の船頭が日々、伊勢銀に出入りしている。さらに、関宿藩とかかわりのある商人も、頻繁《ひんぱん》に出入りしている。当然と言えば当然であろう。

「篠田さま、ちょいと、よろしいですか」

「はあ、かまいませぬが」

「ここでは、ちと」

伝兵衛が小声で言い、左右の部屋に視線を走らせる。

両隣の部屋には、襖一枚を隔《へだ》てただけで船頭たちがいるということであろう。右の部屋からは鼾《いびき》が聞こえるが、左の部屋ではまだぼそぼそと話をしていた。

虎之助はうなずき、立ちあがった。

廊下を歩きながら、伝兵衛がささやく。

「人に聞かれたくないものですから、失礼ですが」

「いや、お気になさる必要はないですぞ。拙者も、そのほうがありがたいですから」

虎之助の唯一の気がかりは、伝兵衛の話がどのくらい長くなるかだけである。明日は、夜明け前に下屋敷に潜入しなければならない。寝過ごしては、すべてが水の泡になってしまう。

伝兵衛が案内したのは、帳場格子《ちょうばごうし》のある部屋の隣の、六畳ほどの部屋だった。すでに行灯がともされていた。部屋の片隅には大きな仏壇が置かれている。

「関宿河岸の船頭どもが、久世さまのお下屋敷に立てこもっているのはご存じですか」

座るなり、伝兵衛が言った。

虎之助は静かにうなずく。

「はい、知っております。今日の夕方、拙者を訪ねてきた者が話してくれましてね。おおよそのところは、知っております」

「この騒ぎで、関宿河岸が使えなくなったり、通船が止まったりすることはありますでしょうか」

伝兵衛が心配げに言う。

虎之助は、部屋住みの身の自分にそんなことを相談しても答えられるはずがないと思ったが、伝兵衛としては少しでも手がかりを得たいのであろう。できるだけ真摯《しんし》に対応する。

「拙者の身分ではなんとも申せぬのですが、騒ぎが外に広まらないよう、江戸藩邸では早急な解決を目指しているようですぞ。

関宿河岸を舟が通れないような事態にでもなれば、それこそ江戸の人々が困るはずです。そのためにも、舟の通行を途絶えさせてはなりますまい」

「はあ、そう願いたいですな。篠田さまもなにか、お役目を仰せつかっておいでなのですか」

伝兵衛が慎重に探りを入れてくる。

夕方、関宿藩士らしき武士と虎之助が外出したことを小耳にはさんだらしい。

伝兵衛は伊勢銀に被害が及ばないよう万全の策を講じたいのであろう。もしかしたら、伊勢銀の主人から命じられたのかもしれない。

「拙者も微力を尽くすことになりそうですが、伊勢銀に影響が及ぶことはないと思いますぞ。もし、そんな事態になりそうであれば、すぐにお知らせします」

「そうですか、お願いしますぞ」

伝兵衛はようやく安心したようだ。

三

まだ夜が明ける前の道を歩く篠田虎之助は、左手に提灯をさげ、右手には神道夢想流杖術の杖を持っていた。腰には両刀を差している。

伊勢崎町の家々は寝静まっているが、ところどころ、かすかに明かりがともっていた。夜明け前に起き、飯炊きをはじめているようだ。

田中屋の台所からも、明かりが漏れている。下男の老人が飯炊きをしていた。

虎之助は表戸を開けて土間に踏みこみながら、下男に向かい、唇に人差指をあててみせた。自分では、「シーッ」と言ったつもりである。

だが、すぐに下男は耳が聞こえないため、口もきけないことに気づいた。

あらためて、心配するなという意味をこめて手を振る。

下男がぺこりと頭をさげ、あとは何事もなかったかのように飯炊きにいそしんでいる。

このとき虎之助は、下男は耳が不自由ながら、田中屋に秘密があることに気づいているに違いないと思った。猪之吉とお谷の夫婦はなにも言わないが、もともと下男も一員なのかもしれない。

提灯の蠟燭《ろうそく》を吹き消す。

草履を脱いで、土間から座敷にあがった。

奥座敷に入ると、引戸を開けて板敷きに出る。板敷きの隅《すみ》に、大刀と脇差を鞘ごと抜いて立てかけた。

ひそかな行動をするには、大刀と脇差は邪魔になる。この際、虎之助は両刀を残していくことにしたのだ。武器は杖を手にしているにすぎない。ただし、ふところには鉄扇が入っていた。

板敷から下におりるに際し、虎之助はふところから真新しい草鞋《わらじ》を取りだした。草鞋を履き、紐《ひも》をしっかり結んだあと、地面に足をおろす。

そのあとは抜け道を通って、関宿藩の下屋敷内に忍びこむ。

いったん塀を通り抜けると、しばらく闇の中にたたずみ、耳を澄ました。

とくに人の気配はなく、目も暗がりに慣れてきたことから、虎之助は動きだした。目指すは門である。

門番所に近づき、そっとうかがうと、昨日とは別な男が番をしていた。

虎之助は手さぐりで地面を探し、小さな石を拾った。

門にめがけて石を投げる。あたりが静寂に包まれているだけに、かなり響いた。

門番が六尺棒《ろくしやくぼう》を持ち、外に出てきた。外の様子が気になるのか、足音を忍ばせて門のそばまで行くと、聞き耳を立てている。

虎之助は杖を地面に横たえると、背後から忍び寄り、いきなり右腕を首にまわした。左手で後頭部を押さえつけつつ、右手で左手首をがっちりとつかむ。

船頭か水夫であろう、屈強《くつきよう》な身体つきをしていた。だが、突然、首を前後から圧迫されて、男は声をあげることもできなかった。両手で懸命にもがくが、万力のような圧力で絞めつけられ、たちまち抵抗が弱まる。急速に意識が薄れてきたようだ。

虎之助は相手の全身から力が抜けていくのを感じると、そこで絞めるのをやめた。くずおれそうになる身体を支え、そっと地面に寝かせた。

見ると、失神しており、しばらくは動けないであろう。

あたりをうかがったあと、虎之助は音をさせないように、慎重に門の閂《かんぬき》を外した。

門を開くと、外に小島彦九郎ら五人がいた。虎之助の指示で、五人は個別に行動し、門の外に集合していたのだ。

虎之助がうなずくと、五人が無言で中に入ってきた。

ふたたび門を閉じ、門をかける。

小島が倒れている男に気づいた。

「おい、死んでいるのか」

「いや、気を失っているだけだ。そのうち、息を吹き返すだろう」

「念のため、縛っておいたほうがよいな」

つた連中が逃げださないようにするためだった。

「うむ、そうだな」

虎之助は自分がうっかりしていたことに気づいた。

小島がひとりに指示し、男を後ろ手に縛りあげた。

その後、門に縄をまわして固く縛り、簡単には抜けないようにする。立てこもった連中が逃げださないようにするためだった。

「拙者が偵察したところ、みなあの母屋に集まっているようだ。どこにも灯は見えないから、まだみな白河夜船《しらかわよふね》ということだろうな。空が白みだすのを待って、いっせいに突入しよう」

虎之助の下知に応じて、めいめいが襷《たすき》を掛けて袖をまくりあげ、袴の股立ちを取った。さらに、鉢巻《はちまき》をする。みな、足元は草鞋履きだった。

それぞれは腰に両刀を差していたが、手には六尺棒を持っている。これは、できることなら刀は使わず、六尺棒で制圧せよという虎之助の指示だった。

みな緊張の面持ちで、黙って突っ立っている。

虎之助はひそかに深呼吸を繰り返した。ここは、待つしかない。

*

東の空が白みはじめた。

屋内はまだ真っ暗かもしれないが、戸を外せば室内に曙光《しょこう》が差しこむであろう。

「では、まいりますぞ。めいめい、戸を外して、すみやかに中に乗りこんでくだされ」

虎之助が走りだした。

小島ら五人があとに続く。

母屋に達するや、虎之助は木戸の下部を蹴っておいて、引き倒すようにして開けた。

黒々とした内部のあちこちを杖で突き、敵がいないのを確認したあと、中に踏みこむ。草鞋のままで畳にあがった。

ほかでも、戸が開く音と、中に踏みこむ音がする。

どこかで怒号が発せられた。

男がひとり、奥に逃げようとしている。

虎之助が杖で男の足を払った。

あっけなく転倒した男の右腕を取ると、肩の関節を決めておいて、その場に立ちあがらせる。

男は苦悶に顔をゆがめ、額には汗が浮いていた。

「うう、痛い、痛い」

「阿部邦之丞さまと天野七兵衛さまはどこじゃ。おい、早く言わないと、肩が外れるぞ」

「言います、言いますから」

「では、案内しろ」

虎之助は男の肩を決めたまま、前を歩かせる。

薄暗い廊下を進んだ。

あちこちから、怒鳴り声と悲鳴があがる。

「ここです」

男が立ち止まった。

虎之助は関節技をややゆるめる。

「障子を開けろ」

「へ、へい」

男が片方の手で障子を開けた。

部屋の中に、阿部と天野がいた。ふたりとも蒲団の上に起き直っている。

「ご無事でしたか」

「おう、篠田か」

阿部と天野が、ほぼ同時に言った。

虎之助が声を張りあげる。

「おい、誰か来てくれ」

「おう、どうした」

すぐに駆けつけたのは小島だった。

呼吸が荒い。逃げまわる者を、追いまわしていたのであろう。

虎之助が言った。

「阿部さまと天野さまじゃ。警護してくれ」

「よし、心得た」

ふたりの警備を小島に頼んだあと、虎之助は甲斐田求馬を探した。

目をつりあげた藩士のひとりと出会う。

「甲斐田どのはどこか」

「拙者も探しているところだが、あちららしい。声が聞こえた」

藩士が指さした。

「よし、行こう」

虎之助はうなずくと、障子や襖に用心しながら廊下伝いに奥へ進む。かつて、障子の陰から刀を突きだされ、負傷した苦い経験があったのだ。

藩士のひとりが、甲斐田を部屋の隅に追いつめていた。

虎之助は面識はなかったが、すぐに甲斐田とわかった。まるで頭蓋骨に皮膚を貼りつけたような、肉の薄い顔だった。目には険悪な光がある。

身体は痩せ型だったが、長襦袢《ながじゅばん》しか身にまとっていないため、腕や脚の細さが目立つ。およそ筋肉が感じられない手で、白刃《はくじん》を構えていた。

先着の藩士は追いつめたものの、先へは踏みこめないでいたが、甲斐田が抜身《ぬきみ》を持っているからではなかった。

甲斐田のそばに、巨体の男がいたのだ。その体軀《たいく》の威圧感はもとより、男は手《て》鉤《かぎ》を手にしていた。

虎之助は関宿育ちなので、河岸場の人足たちが手鉤を自在に操っているのを目にしたことがあった。

手鉤は棒に鉄製の鉤《かぎ》をつけた道具で、水夫や河岸場人足が樽《たる》や俵の積みおろしなどに用いる。樫でできた柄の長さは二尺（約六十センチ）ほどであろう。重い荷物を鉤でひっかけて動かすため、とにかく頑丈な道具だった。

虎之助は慎重に間合いをはかる。

（相手との間合いよりも、上下左右の間合いが大事だな）

広い場所であれば、四尺以上ある杖のほうが圧倒的に有利である。

だが、屋内だった。

うっかり長い杖を振りまわせば、天井や柱、壁にはばまれる。

虎之助は男の顔面をめがけて、杖で突いた。

男が手鉤で叩きつける。

ベシッという鈍い音を発して杖が折れた。虎之助は一瞬、両手が痺《しび》れた。すさまじい膂力《りょりょく》だった。

杖を叩き折った手鉤は勢いあまって、畳にまで喰いこまんばかりである。

この瞬間を見逃さない。虎之助は折れて短くなった杖をすばやく引き戻すと、踏みこみながら半回転させて男の頰を撃った。

顔面から鮮血が散ったが、男は倒れない。手鉤を手元に引き戻し、猛然と突進してくる。

虎之助は腰を沈めると、杖で男の膝を撃った。動きが止まったところ、両足のあいだに杖を入れ、体重をかけてねじった。

たまらず男が転倒し、床がドーンと響いた。

すかさず虎之助が飛びかかり、ふところの鉄扇を取りだすや、男の頸筋《くびすじ》を撃った。さらに第二撃を与えようとして鉄扇を振りかぶったところで、男がぐったりして、動かないのに気づいた。

ハッとして、男の頸で脈を確かめる。

脈はあった。気を失っただけのようだ。

(ふ～う、殺さずに済んだ。それにしても、もし組みつかれていたら、どうしようもなかったろうな)

虎之助は静かに鉄扇をおろす。

部屋の隅に目をやると、甲斐田はすでに壁に背中をあてうずくまっていた。

藩士に六尺棒で撃たれたのか、耳の横から血が垂れている。まだ刀を持った右手は、力なく畳の上に投げだしていた。

口を開けて歯をむきだしている様子は、まさに骸骨《がいこつ》に見える。

折れた杖を持って、虎之助が近づく。

「来るな、来るな」

甲斐田が悲鳴のような声をあげながら、刀を持ちあげた。

そして、刀を逆手《さかて》に持って、自分の腹部に突き刺す構えを見せる。

その瞬間、虎之助は杖で甲斐田の手首を撃とうとした。だが、手鉤で叩き折られているため長さが足りない。

もう一歩、虎之助が踏みこもうとしたとき、甲斐田が剣先を腹部に突き刺した。

「あっ」

そばにいた藩士が声をあげる。

虎之助もハッとした。

「ぐえっ」

うめき声を発し、甲斐田の腹部から鮮血があふれ出る。

壁に持たせかけた上体がずるずるとさがり、腹部に刀を突きたてたまま、甲斐田の身体は仰向けになった。

長襦袢が見る見るうちに赤く染まる。

羽織袴に着替えた阿部が現れた。状況を見て取るや、背後からやや厳《きび》しい声をかける。

「止められなかったのか」

虎之助は振り向き、

「申しわけございません。こういう状態だったので、少しの差で止めることができませんでした」

と、折れた杖を見せた。

杖の長さが足りなかったのは事実である。だが、虎之助に甲斐田の自害をなにがなんでも阻止しようという気持ちがなかったのも事実だった。

首謀者の甲斐田が斬首刑になるのは確実である。となると、藩士の誰かが首斬り役を遂行しなければならない。それよりも、いっそ自害させたほうがよいのではなかろうか。

そんな考えが、虎之助の胸中にあったのだ。

「うむ、そうだったか」

阿部は折れた杖を見て納得したようだった。

さらに、小島ら藩士を呼び集める。

「どうせ助からぬであろうが、しばらく話くらいはできよう。尋問したい。屋敷の中からなんでもよい、布切れを集めてくれ。刺さった刀を抜き、傷口に布をあてて血止めをしろ」

「はっ、かしこまりました」

小島らが屋敷内に散る。

阿部が虎之助に言った。

「見事だったな。誰ひとり取り逃がすことなく、全員、縛りあげた。礼を言うぞ。ところで、そなたはどうやって連中に知られることなく、ひとりでお下屋敷に潜入したのか」

「私はお下屋敷に住んでいたことがございますので、塀に乗り越えやすい場所があるのに気づいておりました」

「ほう、乗り越えたのか」

阿部は笑ったが、どことなく意味ありげだった。

虎之助はもしかしたら、阿部は秘密の抜け道があるのを知っていたのかもしれないと思った。阿部が知っていたとなると、藩主の久世広周が知っていても不思議ではない。

そう考えると、奇襲を指揮するよう虎之助に命じたのもうなずける。

そのとき、小島らが雑多な布を集めて戻ってきた。

甲斐田はずっと、

「うう、うっ、うう」

と、うなり声をあげ続けている。

小島らが甲斐田の身体を取り囲み、まず刺さっている大刀を抜いた。そのあと、傷口に布をあて、さらに包帯をする。

甲斐田は刀を腹部に突き通し、内臓が損傷している。もう医者にも手のほどこしようがあるまい。意識こそしばらくはあるものの、激痛に悶《もだ》え苦しみながら死ぬことになろう。

応急の血止めが終わったのを見て、阿部が言った。

「ここは、ふたりきりで話をしたい。みな、遠慮してくれ」

「しかし、誰かひとり、用心のために残されてはいかがですか」

小島が言った。

阿部が首を横に振る。

「いや、無用じゃ」

「わかりました」

虎之助と五名は、阿部と甲斐田を残して、その場から引きあげる。

廊下を歩きながら、虎之助は解放された中間や下男、下女がすでに掃除に取りかかっているのを見た。指揮しているのは天野のようだ。

一室には、船頭や水夫らが後ろ手に縛られ、座りこんでいた。虎之助が鉄扇で打ち据えた巨体の男も、首をうなだれて座っていた。

「これから、どうすればよかろう」

虎之助が言った。

小島が答える。

「われらは、阿部さまの指示を待つ。連中を連行するにしても、われらが付き添わねばなるまいからな」

「そうだな。では、拙者はひと足先に、退散させてもらうぞ」

虎之助は母屋を出て、門に向かう。

すでに門を縛っていた縄は取りのぞかれ、いつもどおり門番の老人が立っていた。

「おや、篠田さま」

「おう、ひさしぶりですな。とくに、怪我などはなかったのか」

「押しこめられていただけですからね。怪我はしませんでした。

ところで、篠田さまがひとりで忍びこんで、門の閂を開けたそうですな。どうやって忍びこんだのですか」

すでに噂は広がっていた。

門番は好奇心はもちろんだが、不安もあるようだった。

下手をすると、自分の失態につながりかねないと心配しているのであろう。

虎之助が安心させるように言う。

「拙者は関宿にいたころ、『関宿の牛若丸《うしわかまる》』と呼ばれていたくらいでな。大名屋敷の塀を乗り越えるなど、造作無《ぞうさな》いぞ」

「おや、そうでしたか。篠田さまは鼠小僧《ねずみこぞう》顔負けですな」

門番は感心している。

鼠小僧治郎吉《じろきち》は身軽で、もっぱら武家屋敷に忍びこんで盗みを働いていたという。天保三年（一八三二）、町奉行所の役人に捕らわれ、獄門に処せられた。

　しかし、武家屋敷がかかわっているだけに、正確な罪状は伏せられたままだった。

　とはいえ、処刑は六年前であり、まだ人々の記憶に新しい。さらに、正式な発表がないだけに、かえって種々の憶測を生む。

　鼠小僧は大名屋敷で盗んだ金を貧しい人々にほどこし、たんなる泥棒ではなく義賊だったという伝説すら語り伝えられていた。

　虎之助は自分の冗談が誇張されて伝わりかねないのに気づき、ややあわてた。

「おいおい。拙者が大名屋敷の塀を軽々と乗り越えるなど、人には言わんでくれよ。噂が広まると、武家屋敷に盗賊が入ったとき、拙者が真っ先に疑われかねんからな」

「へい、へい、さようですな。人には言いません」

　門番が生真面目に答える。

　虎之助は厳粛《げんしゅく》な顔をして、堂々と門から外に出た。

　門の外はとくに人が群《む》れることもなく、いつもどおりの光景である。関宿藩の下屋敷の騒動には誰も気づいていないということであろう。虎之助が指揮した奇襲は成功だった。

下屋敷を出た虎之助は大まわりをして、伊勢崎町の田中屋に向かう。秘密の抜け道の途中に置いた両刀と草履を回収しなければならなかった。

（そうだ、ついでに田中屋で茶漬を食うか）

そう思いついた途端、虎之助は強烈な空腹を覚えた。

四

「蛸《たこ》に鮑《あわび》でございい。魚屋はよろしゅう。魚屋でございい」

田所町の通りを、行商の魚屋が声を張りあげて歩いている。

通りのにぎやかさとは対照的に、神道夢想流杖術の吉村道場の稽古場は、緊迫感に包まれていた。

篠田虎之助の杖と、原牧之進の木刀の対決がはじまったのだ。それまで形の稽古をしていた門弟たちも、いつの間にか杖を手に持ったまま観戦している。

虎之助は杖を中段に構えていた。

杖のほぼ中央を両手とも、下向きに握っている。左右の手の間隔は一尺五寸（約四十五センチ）だった。右足を後方に引き、左手を前方にのばし、右手は自分の乳のところで構える。

対する原は、木刀を右肩の横に立て、八双《はっそう》に構えていた。

ふたりとも剣術用防具の面、胴、籠手《こて》を着け、足には薙刀用防具の脛当《すねあ》てを着けていた。

ふたりは防具を着けて実際に杖と木刀で思いきり撃ち、突くという実戦的な稽古をしていたのだ。しかも、杖役と木刀役が入れ替わって稽古していた。

最初は奇異な目で見ていたほかの門弟たちも、最近では形には飽き足らなくなったのか、それとも刺激を受けたのか、防具をつけて虎之助と原に実戦的な稽古を申しこんでくるようになっていた。

虎之助としては対戦相手が増えるわけで、喜ばしかったが、やはり実戦を想定した稽古相手には、原がいちばん有益だった。じつは虎之助は、近々対戦するであろう、示現流を用いる薩摩藩士を想定していたのだ。

隠密廻り同心の大沢靫負は、示現流を封じこめるのが作戦の要諦《ようてい》と述べていたが、やはり直接対戦する場合も想定しておくに越したことはない――それが虎之助の考えだった。

「おりゃ～」

原が気合を発しながら、右足で踏みこんでくるが、さほど大きな踏みこみではない。

やはり、杖の突きを警戒している。

「とぉ〜」

虎之助が杖の先端で、原の右手をはねあげようとした。

しかし、これは誘いである。

原が左足で大きく踏みこみ、木刀で撃ちこんでくる。

虎之助は右足を引き、左手を高くし、右肘は脇に固めるようにして、斜めにした杖の下部で強烈な打撃を受け止める。

杖と木刀が激突し、カッと、乾《かわ》いた音がした。

すかさず、虎之助は左足を大きく引いてまわりこみながら、杖を頭上に立てる。

原の上体が流れたところを、虎之助が杖で左胴を撃った。そのまま杖を下にずらし、原の右の太腿《ふともも》のあたりをおさえこむ。

反射的に、原が右足で踏ん張ろうとする。そこを、虎之助が右足で、相手の右足を蹴った。

原が上体をかがめて転倒をこらえようとするところ、虎之助が杖を腹部の下に差しこみ、はねあげた。

ドーンと床を震わせ、原が仰向けにひっくり返る。

以前はこういう場面を見るたび、虎之助は、

（あっ、怪我をさせたか）

と、ヒヤッとしたものだった。

だが、いまはなんの心配もしない。原はきちんと受身を取っていた。

「ほ〜ぉ」

観戦していた門弟たちが嘆声をあげた。

続いて、口々に叫ぶ。

「篠田、次は俺とやろう」

「原、俺とやろうではないか」

そんな門弟たちの様子を、道場主の吉村丈吉は満足そうに眺めていた。

虎之助と原の実戦形式の激しい稽古が、吉村道場を活気づけているのはたしかだった。

*

稽古を終えると、虎之助と原は連れだって吉村道場を出た。

「なにか、食っていくか」

「うむ、腹が減ったな」

じつは虎之助にとって、原と一緒に昼飯を食べ、語りあうのは、吉村道場に通う楽しみのひとつでもあった。

目についた一膳飯屋に入る。

土間に数脚置かれた床几のひとつに腰をおろしたあと、原があたりを見まわしている。

「ほう、いい匂いがすると思ったら、泥鰌鍋《どじようなべ》をやっておるな。

貴公、泥鰌鍋は食ったことがあるか」

「泥鰌か。子供のころ食ったことがあるが、泥くさくて閉口したぞ」

「こういうことを言っては悪いが、泥鰌が泥臭かったのは関宿で食ったからだ。

江戸の泥鰌鍋は洗練されておるぞ。試してみぬか」

原はニヤニヤしている。

虎之助はこういう場合、注文は原に任せることにしていた。

「そうだな、江戸の泥鰌鍋を食べてみるか。貴公、頼んでくれ」

やがて、泥鰌鍋が運ばれてきた。

虎之助がさっそく食べてみると、泥鰌は腹が開かれ、骨が抜かれていた。しかも、ささがき牛蒡《ごぼう》と一緒に煮て、卵でとじるという手のこみようだった。泥臭さはまったくない。

「うむ、うまいな」

虎之助も認めざるをえない。

原は愉快そうに笑った。

「最近では、柳川鍋《やながわなべ》と呼ばれているそうだぞ。たしかに、泥鰌鍋というより柳川鍋といったほうが高級そうだし、うまそうだな」

虎之助は泥鰌を食べながら、かつて関宿で食べた泥鰌はどういう調理をしていたのだろうかと、不思議でもあり、おかしくもあった。

泥鰌鍋で飯を食べ終えると、原が言った。

「お蘭どのが木下道場に入門して、柔術の稽古をはじめたぞ。貴公が木下道場を勧めたと聞いたが」

「俺が内藤新宿の木下道場を教えたのはたしかだが、とくに勧めたわけではない。まあ、お蘭どののことだから、押しかけるだろうなとは思っていたが。そうか、入門したのか」

「姉は、お蘭どのに天稟《てんぴん》の才があるのを認めていたぞ。とくに、女にしては驚くほど力があると、いたく感心していた」

「貴公、お蘭どのの稽古を見たのか」

「男の稽古は義兄、女の稽古は姉が受け持ち、男女は稽古日が厳格に分けられている。俺も見たいのはやまやまだが、女の稽古をのぞき見したのが知れたら、姉に関節技で痛めつけられ、最後は絞め落とされるぞ」

原が首をすくめる。

虎之助が笑いながら言った。

「ふ〜む、厳しいな。しかし、なぜ男女を分けるのか。吉村道場では、お蘭どのが薙刀や鎖鎌をひっさげ、他流試合にきたではないか。お蘭どのは、俺も含めて男と対戦したぞ」

「おい、稽古の様子を考えてみろ。柔術ではお互いの身体が密着する。相手の乳房に触れたり、股に手をのばしたりするではないか。俺はかまわんが、相手の女は嫌がるだろうな」

原は口で言うばかりでなく、乳房に触れたり、股に手をのばしたりするところを身振り手振りで描写する。その様子は卑猥《ひわい》というより、なんとも滑稽味《こっけいみ》があった。

虎之助は笑いだしながら、

「なるほどな。もうよい、わかった、わかった」

と、原の身振り手振りをやめさせた。

第四章　船　戦

一

泉凌院の山門から、ふたりの男が出てきた。

浅草田原町の両替屋・樋口屋の番頭と丁稚である。丁稚は風呂敷包みを首からからげていた。さほど大きな荷物ではないが、いかにも重そうだった。

ふたりが浅草寺の方向に歩き去るのを見送って、お蘭と中間の熊蔵が泉凌院の境内に入っていく。

ただし、お蘭は髪を若衆髷《わかしゅまげ》に結い、袴をはき、腰に両刀を差していた。そのため、いまは蘭之丞《らんのじょう》である。

いっぽう、熊蔵は腰に木刀を差し、大きな布袋を手にしていた。旗本家の中間だが、熊蔵はかつて村相撲《むらずもう》の猛者《もさ》であり、筋骨隆々《りゅうりゅう》としていた。

ふたりは、ためらうことなく百観音堂に向かう。

ひとりの若い僧侶がいた。手に大きな鑰《かぎ》を持っているので、百観音堂の扉に取りつけられた南京錠《なんきんじょう》に錠をおろしたところらしい。

僧侶は蘭之丞が武士姿なのを見て、軽く会釈《えしやく》するや、そのまま庫裡《くり》に歩いていく。

蘭之丞はとくに会釈を返すでもなく、百観音堂の前に立つ。

「出してくれ」

「へい、かしこまりました」

熊蔵が布袋の中から鎖鎌を取りだし、蘭之丞に渡した。

受け取った蘭之丞は右手に鎌を持ち、左手で分銅鎖《ふんどうくさり》を左頭上でまわしはじめた。

ビュン、ビュンと鎖が風を切る。

充分に勢いがついたと見るや、蘭之丞は左手を振った。

鎖が一本の矢のようにのび、先端の分銅が南京錠に命中した。

金属音を発し、南京錠があっけなく弾《はじ》け飛んだ。分銅の衝撃が、いかに強烈だったかがわかる。

「えっ」

背後で驚きが発せられたが、その声には恐怖が混じっている。さきほどの僧侶らしい。

「これで、よいか」

蘭之丞が熊蔵に確認する。

「できれば、扉にも穴をあけてくださいな」

「うむ、わかった」

蘭之丞はいったん引き戻した分銅鎖を、ふたたび左の頭上でまわしはじめた。充分に勢いがついたのを見て、またもや左手を振る。

鎖の先端の分銅はバキッという音を立て、扉に穴をあけた。

熊蔵が近寄り、穴に指を突っこんでおいて、ぐいと引く。扉がミシミシと軋《きし》み、板の一部が大きく裂けた。

今度は、熊蔵は裂け目に両手を突っこみ、満身の力をこめて扉を引っ張る。顔が朱《しゅ》に染まっていた。

「うおぉ～っ」

ついに、破壊音とともに観音開きの扉が外れてしまった。

蘭之丞が振り返ると、さきほどの僧侶が顔面蒼白で、呆然として立ちすくんでいた。人を呼ぶことも忘れているのか、声が出ないのか。まるで金縛《かなしば》りにあったように身体が動かないらしい。

「中に桶がありますよ」

熊蔵が土蔵造りの内部を見て言った。

「いくつある」

「ふたつありますが、ひとつは空っぽです」

空っぽの桶は、さきほど樋口屋のふたりが中身を取りだしたのだろうか。

蘭之丞が言った。

「中身が入っている桶は持ちだせるか」

「へい、ただいま」

熊蔵が軽々と桶を持ちだしてきた。

早くも蘭之丞が、先に立って歩きだす。

「行くぞ」

僧侶はただ手をこまねいて見送っている。昼間の大胆不敵な盗賊と思っているであろう。

山門まで来ると、蘭之丞が言った。

「このあたりでよかろう。思いきり、地面に叩きつけろ」

「へい、かしこまりました」

熊蔵が抱えていた桶を気合もろとも、頭上に高々と差しあげた。

一瞬、そのまま静止したかのように見えたが、次の瞬間、熊蔵が桶を地面に叩きつける。

桶が弾《はじ》けて壊れ、中身の二分金が飛び散った。その数は、五百粒ほどもあろうか。二分金が五百粒となれば二百五十両に相当する。しかし、二分金は「まるじゅう」だった。

「ほう、黄金《こがね》の花盛りだな」

蘭之丞が評する。

熊蔵が言う。

「あっしは気分がいい、と言いたいところですが、もったいない気もしますけどね」

「うむ、わからんでもないぞ。しかし、ひと粒たりとも手をつけてはならぬ。われらは泥棒ではないのだからな」

「へい、わかっておりやす」

二分金は一部が山門の外の道に散らばり、山門をくぐって境内にまで広く散乱している。

早くも、通行人が気づいたようだ。

「え、二分金が散らばっているぞ」

「おい、寺の中を見ろよ。二分金がまき散らされているぞ」

たちまち、人が集まってくる。

そんな騒動のなか、蘭之丞と熊蔵はすみやかに姿を消す。

蘭之丞がちらと振り返ると、騒ぎを聞きつけて数人の僧侶が境内に出てきていたが、みな、この事態にどう対処してよいものか、途方《とほう》に暮れているのであろう。

ただ、黙って見守っているだけだった。

泉凌院を出た蘭之丞と熊蔵は、山谷堀を目指して歩いた。

二

篠田虎之助は浅草寺の境内の、楊枝店が建ち並ぶあたりを所在《しょざい》なげにぶらついていた。

いかにも尾羽《おはう》打ち枯《か》らした浪人が楊枝店の看板娘を眺め、暇《ひま》つぶしをしているという風情である。

というのも、虎之助は羽織袴に両刀を差すといういでたちだったが、黒羽二重の羽織はあちこちが擦り切れていたし、小倉の袴も継《つぎ》があたっていた。隠密廻り同心の大沢靱負の変装道具から借りた物である。しかも、しみのある手拭《てぬぐい》で頰被《ほおかぶ》りをしていた。

奥山のほうからは、お囃子の三味線の音色と太鼓の音が響いてくる。芝居小屋の呼びこみだろうか。聞いているだけで、気分が浮き立つようだった。

「入って御覧《ごろう》じろ」

と、ややしゃがれた男の声がする。見世物小屋の呼びこみのようだ。

奥山に向かう老若男女の人の流れも、絶えることがない。

関宿では関宿河岸がいちばんの盛り場で、料理屋や茶屋、各種の商家、湯屋、それに女郎屋もひしめいていた。だが、さすがに芝居小屋や見世物小屋はなかった。

虎之助は奥山に行ってみたかったが、そうもいかない。

(ご馳走《ちそう》の匂いだけ、かがされているようなものだな)

先日に続いて、奥山見物は今日もおあずけである。

虎之助は苦笑するしかない。

（おっ、来たな）

樋口屋の番頭と丁稚の姿が現れた。

さきほど、ふたりが樋口屋から出てくるところを物陰から見て、顔を確認していたので間違いない。いったん泉凌院に寄り、百観音堂から両替用の二分金を引きだし、浅草寺の庫裡に向かうところであろう。

虎之助はつかつかと歩み寄ると、番頭に肩をぶつけ、怒鳴った。

「無礼者め」

「これは粗相《そそう》を。ごめんなされてくださりませ」

あきらかに相手のほうからぶつかってきたのだが、番頭はあくまで低姿勢だった。

浪人とはいえ、相手は武士である。しかも、たちが悪そうだった。もしかしたら、強請《ゆすり》たかりのたぐいかもしれない、と考えたのであろう。

番頭はひたすら謝ることで、この場を切り抜けようとしていた。

虎之助としては手荒な真似はしたくなかった。だが、ここは手荒なことをしないと信憑性《しんぴょうせい》がない。

（すまん、許してくれ）

心の中で謝ったあと、虎之助は番頭の右の袖をつかみ、同時に右足をかけて、引き倒した。横倒しにしたのは、後頭部を地面にぶつけないための、せめてもの配慮だった。

番頭があっけなく地面に倒れた。

虎之助は身に寸鉄《すんてつ》を帯びない町人に暴力を振るってしまい、胸に突き刺すような痛みを覚えた。だが、これにとどまってはおれない。

「おい、詫びとして、その包みを寄越せ」

「いえ、これは、お渡しするわけにはいきません」

丁稚は恐怖で蒼白になり、逃げようとする。

虎之助がぐいと荷物をつかんだ。

首が絞まり、丁稚があえいでいたが、そんなことはおかまいなしに、虎之助が強引に首に巻いた結び目を解き、風呂敷包みを取りあげる。

反動で、丁稚が地面に倒れこんだ。

（突き飛ばさなくて済んだ）

虎之助は丁稚があっけなく転倒したのを見て、内心で安堵のため息をついた。これで、暴力を振るわないで済んだからだ。

丁稚は手や膝《ひざ》に擦り傷くらいはできるかもしれないが、かえって本人のためにはよかろう。あとで樋口屋の主人に事情を尋ねられたとき、怪我をしていれば、奪われまいと抵抗した、少なくともすぐに渡したわけではない、ということの証《あかし》になるからだ。

虎之助はその場で風呂敷包みを解いた。中身は、木製の銭函《ぜにばこ》だった。

ふたりはまだ地面に打ち伏している。いつしか、まわりに野次馬が集まっていた。

虎之助は両手で銭函を頭上高くかかげると、番頭と丁稚に当てないよう場所を選び、

「ウォー」

と叫びながら、地面に叩きつけた。

銭函が壊れ、あたりに二分金が散乱する。

見物人のあいだから驚きの声があがった。

番頭も丁稚も、呆然としていた。

野次馬はさすがに散らばった二分金にわっと群《むら》がりはしないものの、みなじっと注視している。

おたがい、牽制しあっていると言おうか。そのすきに、虎之助はそっとその場を離れた。

向かう先は山谷堀である。

三

江戸の各所から舟でやってきた男たちが、山谷堀で下船する。

その後、徒歩や駕籠で吉原に向かうのだ。逆に、吉原から帰ってきた男たちは山谷堀から舟に乗る。

そのため、軒《のき》をつらねている船宿はもとより、茶屋や小料理屋もにぎわっていた。

人混みのなかに篠田虎之助の姿を見つけ、中間の熊蔵が声をかけてきた。

「こちらです、こちらです」

虎之助はうなずき、熊蔵のあとに続く。

案内されたのは一軒の茶屋だった。表に葦簀《よしず》が立てまわしてあり、一見すると休業しているかのようである。

中に入ると、隠密廻り同心の大沢靱負と蘭之丞が床几《しょうぎ》に腰を掛けていた。蘭之丞が虎之助を見て黙礼する。

大沢が言った。

「この茶屋は借り切りにした。だから、ほかの客は入ってこない。うまくいったか」

虎之助は大刀を鞘ごと腰から抜き、床几に腰を掛ける。

「はい。少なくともあとを追われたり、つけられたりはしておりませぬ」

「そうか。蘭之丞どのはついさきほど戻ってきたのだが、うまくいったようだ。ところで、いまのうちに、なにか腹におさめておいたほうがよいな。われらは、雑煮《ぞうに》を頼んだ。ほかに田楽《でんがく》もできるようだぞ」

「では、私も雑煮をいただきます」

しばらくして、茶屋女が雑煮を運んできて、大沢、蘭之丞、熊蔵、そして虎之助に渡した。

鰹節《かつおぶし》で出汁を取った醤油《しょうゆ》のすまし汁だった。中に、焼いた切り餅と小松菜《こまつな》、大根、里芋《さといも》が入っている。

虎之助は餅が喉《のど》をくだって腹に入った途端、全身に力が満ちてくる気がした。すまし汁の味は、けば立った神経を慰《なぐさ》めてくれるかのようである。

それまで黙っていた蘭之丞が口を開く。

「泉凌院はあのあと、どうなるでしょうか」

「無頼漢《ぶらいかん》ふたりが白昼堂々、寺に押し入り、両替屋の樋口屋からあずかって保管していた二分金の詰まった桶を強奪した。桶をかついで逃げようとしたが、山門のところで落としてしまった。そのため、桶が壊れて二分金が散乱した。人々が気づいて集まってきたので、ふたりはなにも取らずに逃げだした――と、まあ、そういうことになるだろうな」

「そう思ってくれるでしょうか」

蘭之丞が疑問を呈《てい》した。

そばで聞きながら虎之助も、そう都合のよい噂にはならないような気がした。

大沢が薄く笑った。

「最初から一部始終を目撃していたという男がいて、その男がおおいに弁《べん》じてくれる。

男は、北町奉行所の手の者だがな」
「ははあ、そうでしたか」
虎之助と蘭之丞は同時に声をあげた。
熊蔵もいたく感心しているようだ。
ふと気になり、虎之助が言った。
「寺社奉行の役人が動くことはないでしょうか」
「う〜む、まだ知らせが来るまで間があるであろう。この際、寺社奉行について説明しておいたほうがよかろうな。
町奉行は旗本が任命されるが、寺社奉行は大名から任命される。
いまの寺社奉行は、
長岡《ながおか》（新潟県長岡市）藩主の牧野備中守忠雅《まきのびっちゅうのかみただまさ》どの、
上田《うえだ》（長野県上田市）藩主の松平伊賀守忠優《まつだいらいがのかみただます》どの、
淀《よど》（京都市伏見区）藩主の稲葉丹後守正守《いなばたんごのかみまさもり》どの、
の三人じゃ。
町奉行は、北町奉行所と南町奉行所という役所があるが、寺社奉行にはとくに寺社奉行所という役所はなく、寺社奉行に任命された大名の藩邸が役所になる。

ということは、寺社奉行には専任の役人はいない。大名が寺社奉行の任にある期間、何人かの藩士が役人として勤める。言葉を変えれば、なんの経験も知識もない藩士がある日突然、寺社奉行の役人になるわけじゃ」

「それでは、物の役に立たないのではありませんか」

蘭之丞がずけずけと言った。

大沢はとくに表情を変えない。

「そういうわけですから、たとえ泉凌院が寺社奉行に訴えたとしても、役人はなにもできません。そもそも、探索や捕縛の経験がないのですから。

しかも、二分金の詰まった桶は盗まれたわけではありませんからな。盗まれそうになっただけです。もっとも、野次馬がいくつかは、くすねたかもしれませんがね。

もし泉凌院の僧侶たちが寄ってたかって、蘭之丞どのと熊蔵を捕らえ、寺社奉行に突きだしていれば、話は別でしょうが」

「ほお、そうなのですか」

「貴殿の場合も同じだな。

浅草寺の境内で、食いつめた浪人が白昼、両替屋の樋口屋が運んでいた銭函を強奪した。ところが、腹が減っていて腰がふらついていたのか、せっかく奪った銭函を途中で落としてしまい、中身の二分金があたりに散乱した。それを見て、多くの人がわっと押し寄せたので、浪人はなにも盗らずに、あわてて逃げだした——こんな噂が広がるだろうな。

最初から目撃していたと称する男が触れまわるのだが、もちろん男は町奉行所の手の者だ」

「すると、やはり寺社奉行は……」

「たとえ樋口屋が訴えても、寺社奉行の役人は聞き置くだけであろう。銭函は奪われたわけではないからな。あくまで、奪われそうになっただけじゃ。野次馬がどさくさにまぎれていくつか、くすねたくらいであろうよ。

そもそも、樋口屋が訴えるはずがないぞ。散乱したのは『まるじゅう』だからな。樋口屋は事件を揉《も》み消すのに必死だろうな」

大沢が笑った。

虎之助は感心するしかない。

そのとき、葦簀が開いて、手拭で頬被りをし、着物を尻《しり》っ端折《ぱしょ》りした若い男が顔を出した。

「大沢さま、荷舟が高輪の船着場を離れやしたぜ。あっしは猪牙舟なので、ぐんぐん引き離して、こちらに駆けつけました」

「うむ、ご苦労。

では、いよいよ第二幕のはじまりですぞ」

大沢が、虎之助、お蘭、熊蔵の三人を見渡した。

四

山谷堀の桟橋には猪牙舟や屋根舟が多いが、やや外れた場所に荷舟が係留されていた。

篠田虎之助と蘭之丞は荷舟に乗りこむと、中央部に並んで腰をおろし、上から筵《むしろ》をかぶった。荷舟の中に筵が盛りあがっているのを見た人は、雨や水飛沫《しぶき》で濡らしてはならない大事な荷物を運んでいると思うであろう。

中間の熊蔵が器用に棹を使い、舟を下流に進めていく。

もともとすぐれた身体能力を持った男だが、この半月ほど、隠密廻り同心の大沢靱負に船宿を紹介され、棹と櫓の稽古をしてきたのだ。いまや、熊蔵は本職の船頭に勝るとも劣らない腕前になっていた。

荷舟は山谷堀から隅田川に入った。

熊蔵が棹から櫓に切り替え、隅田川をくだっていく。

虎之助が筵をすかして後方を見ると、大沢の配下の男がつかず離れずの距離を保ちながら、猪牙舟でついてきているのがわかった。

「猪牙舟が後ろにいますぞ」

「はい」

蘭之丞は短く答えただけで、振り返って見ようともしない。

虎之助は、蘭之丞が凝然《ぎょうぜん》としているだけに、かえって落ち着かない気分だった。

先日、浅草寺境内の雑踏のなかを、お谷と手をつないで歩いた。あのとき、お谷は年増女の妖艶な色気を見せつけんばかりだった。

ところがいま、筵の下で肩を寄せあう若衆は、じつは二八の娘なのだ。十六歳の娘の若々しい色気は、若い侍の凛々《りり》しさに変調されている。

なんとも奇妙な感覚であり、虎之助は息苦しく、頭がくらくらしてきそうだった。

居心地の悪さから逃れるように、虎之助が言った。

「荷舟は猪牙舟や屋根舟にくらべると安定しております。船底が平たく、舟の横幅も大きいからです。ですから、立ちあがって薙刀を振るってもかまいませんが、なるべく足を広げて立ってください。ただし、揺れたら、すぐに姿勢を低くして、うずくまり、なにかにつかまること。よろしいですね」

虎之助は船上の動きについて説明しながら、横たえられた薙刀に目をやった。

そばには、神道夢想流杖術の杖も横たえられている。

「はい、わかりました」

「ところで、薙刀の刃は本物ですか」

「鉄でできていますが、刃はありません。稽古用の薙刀の刃は竹製なのですが、あまりに頼りないので」

以前、薙刀と杖の他流試合がおこなわれたとき虎之助が、お蘭が振るう薙刀の竹製の刃を叩き折ったことがあったのだ。

その経験を踏まえているに違いない。

「それで、鍛冶屋に頼み、鉄で形だけ作ってもらったのです。できるなら、人を殺《あや》めたくないので」

「うむ、拙者も同感です」

「右手に、山之宿町の河岸場が見えてきましたよ」

船尾から熊蔵が声をかけてきた。

高輪の船着場を出発した薩摩藩の荷舟は、山之宿町の河岸場を目指している。そろそろ出会うであろう。

虎之助はブルッと武者震《むしゃぶる》いした。続いて、蘭之丞に震えていると誤解されはしなかったかと、ややあわてた。

しばらくすると、猪牙舟が近づいてきて、櫓を漕いでいる熊蔵になにやら告げた。

熊蔵が目を凝《こ》らして確かめたあと、筵の下の虎之助と蘭之丞に言った。

「荷舟が近づいてきました。お武家がふたり、人足がふたり、そして船頭です」

「武士は舟のどのあたりにいるか」

「前のほうにひとり、後ろのほうにひとり。人足ふたりは、真ん中で桶を守っています」

「よし、すれ違うように見せかけ、横っ腹からぶち当てろ」

虎之助が指示する。

そのとき、蘭之丞の身体がビクリとした気がした。やはり、武者震いだろうか。

「へい、行きますぜ」

熊蔵が櫓を漕ぐ腕に力をこめた。

薩摩藩の荷舟は徐々に方向を変え、河岸場に近づこうとしている。

すれ違うかに見えた荷舟が上流から急速に接近してくるため、船頭が怒鳴った。

「おい、ぶつかるぞ。この頓痴気《とんちき》野郎、離れろ」

「そっちこそ、頓痴気野郎め、なにやってるんだ」

怒鳴り返しながら、熊蔵が舟を寄せる。

ドンと鈍い音がし、そのあと、ふたつの船体がギシギシと不気味な音を発して、軋《きし》んだ。

突然の揺れに、まったく予期していなかった武士と人足の四人は動転し、顔色を変えて船縁などにつかまっている。船尾では船頭が必死になって櫓を操作し、舟を安定させようとしていた。

いっぽう、虎之助と蘭之丞は舟板につかまって揺れをやりすごしたあと、かぶっていた筵をぱっとはねあげた。

ふたりは杖と薙刀を手に取り、すっくと立ちあがる。

ちらと顔を見あわせ、

「拙者は前を」

「拙者は後ろを」

と言い交わし、瞬時に役割分担を決めた。

まさに阿吽《あうん》の呼吸だった。

虎之助が薩摩藩の荷舟に向けて言い放った。

「積荷を頂戴《ちょうだい》したい。おとなしく渡せば、怪我をしないで済みますぞ」

「くそぉ～」

薩摩藩士ふたりがうなり声を発し、憤怒の形相で立ちあがった。

すぐさま抜刀し、大刀を身体の横に立てて構える。いわゆる八双に近いが、示現流では一般的な「蜻蛉《とんぼ》の構え」だった。

この蜻蛉の構えから、しゃにむに突進し、その勢いをこめて刀を振りおろすのが、苛烈な示現流の剣法である。

だが、ふたりはすばやく刀を蜻蛉に構えたものの、一歩も動けないでいた。

足元はゆらゆらと揺れていた。しかも、さきほどの衝突の反動で、二艘の荷舟は揺れながら、ゆっくりと離れていたのだ。

とても、刀を構えて疾走などできない。

虎之助は熊蔵に舟を接近させるよう命じながら、慎重に間合いをはかる。

「おい、近づけろ」

日本刀より長い杖の利点を生かし、相手を突き倒すのは容易だったが、うっかりすると水の中に転落させる恐れがあった。溺死という事態だけは避けたい。

杖をビュンと振り、横から顔面を撃つかに見せた。

藩士が刀で杖を断ち切ろうとする。

その動きを読んでいた虎之助は杖の軌道を変え、相手の膝を撃った。痛みに思わず上体をかがめるところ、肩を撃ちすえ、さらに下腹部を突く。

藩士はついに膝から、その場にがくりと、くずおれた。刀は手から離れてしまっている。

（ふうむ、川の中に落とすことはなかった）

虎之助が蘭之丞のほうを見ると、薙刀で相手の刀を弾《はじ》き飛ばし、横腹に一撃を与えたところだった。

手から離れた大刀が川に落下し、水音がする。相手が苦悶《くもん》に身体をややかがめたところ、蘭之丞が薙刀の刃で首筋の後ろをはさみ、斜め下に引き寄せる。藩士はたまらず、がっくりと膝をついた。

蘭之丞はまさに縦横無尽《じゅうおうむじん》に薙刀を振るっていたが、身体の重心がせわしなく移動する。このままでは荷舟の揺れが大きくなりすぎ、蘭之丞自身が、舟から落ちかねない。

そのため、虎之助が対応して体重をすばやく移動させ、揺れを最小限におさえた。もちろん、蘭之丞は自分が助けられているなど夢にも知らないであろう。

虎之助は杖をのばし、舟の上に落ちた大刀をはねあげ、川の中に落とした。

これで藩士はともに、大刀を失ったことになる。ふたりはまだ首を垂れてうずくまっており、しばらくは立ちあがれまい。

「おい、頼むぞ」

虎之助の声に応じ、

「へい、わかりやした」

と言いながら、熊蔵がひょいと荷舟に乗り移った。

桶のそばにうずくまっている人足ふたりは、さきほどから震えあがっていたが、熊蔵が乗り移ってきて、しかも舟が大きく揺れたことで、もう顔色は真っ青だった。

熊蔵が筵を外し、桶を持ちあげた。ふたりでかつぐ重量を、ひとりで持ちあげたのである。

桶を抱えたまま、熊蔵が船縁《ふなべり》に寄る。

荷舟は大きく傾《かたむ》き、人足ふたりは、

「わ、わわわ」

と恐怖におののき、舟板にしがみついていた。

ふたりの藩士もいまや青ざめ、平蜘蛛《ひらぐも》のように這いつくばっている。これまで何度も荷舟に乗っていたとしても、これほどの大きな揺れは、はじめてなのであろう。

桶を抱えて船縁から船縁に乗り移ろうとした熊蔵が、

「わっ、あーっ」

と狼狽《ろうばい》して叫んだ。

桶が熊蔵の手からすべり落ち、次の瞬間、大きな水音がした。

盛大な水飛沫が、双方の荷舟に降りかかる。

あっという間の出来事だった。すでに桶は水没してしまい、影も形もない。

急に重量を失った反動で、荷舟が大きく傾きながら浮きあがった熊蔵はよろめき、ドスンと尻餅《しりもち》をついた。それでさらに荷舟が揺れる。
藩士と人足、そして船頭の、合わせて五人はもう恐慌状態になっていた。
船頭ですら顔面蒼白になり、櫓から手を放して、しゃがみこんで揺れに耐えている。
虎之助が櫓を漕ぎ、荷舟を寄せた。
熊蔵が船縁をまたいで戻ってきた。
その後は、すみやかにその場を離れる。
蘭之丞がねぎらった。
「ご苦労だった。あまりの重さで落としたように見えたぞ」
「そうでしたか。しかし、尻餅をついたのは本当でしてね。あっしも、あわてました。
篠田さま、代わりましょう」
「うむ、では、頼むぞ」
虎之助は櫓を熊蔵に任せ、薩摩藩の荷舟に視線を向けた。
「御用」の旗をかかげた数艘の舟が連《つら》なって、荷舟に押し寄せていく。
一艘に、同心の大沢が乗っているのが見えた。着物の下に鎖帷子《くさりかたびら》を着込み、鉢巻を締め、脛当《すねあ》てを着けるという、まさに捕物出役《とりものしゆつやく》のいでたちだった。

着物は、裾を腰の帯にはさみ留める「じんじんばしょり」にして、大刀だけを腰に差し、右手には十手《じつて》を持っている。

ほかの舟に乗っているのは、大沢が率いる奉行所の小者《こもの》のようだ。紺無地の法被《はつぴ》に紺の股引《ももひき》をはき、みな六尺棒を手にしていた。

「おや、大沢さまですね」

蘭之丞も見つけたようだ。

虎之助が言う。

「御用の旗と、あの姿を見たら、薩摩の連中も……縮《ちぢ》みあがるでしょうな」

本当は「金玉が縮みあがる」と言うつもりだったのだが、途中で気づいて、あわてて言葉を濁《にご》す。いつしか、原牧之進の影響を受けているようだ。

それとも、いまはお蘭ではなく蘭之丞なので、虎之助もつい気を許してしまうのだろうか。

＊

荷舟が山谷堀の桟橋に着くと、虎之助は杖、蘭之丞は薙刀を持ち、熊蔵の案内で船宿に向かう。

大沢からすでに依頼されていた女将は、

「二階のお座敷にどうぞ」

と言うだけで、とくに女中に茶や煙草盆を出すよう命じもしない。

三人が二階の座敷に入ると、着替えが用意されていた。

虎之助は素浪人から、いつもの羽織袴の姿に戻り、腰に両刀を差す。

蘭之丞は若衆姿から振袖《ふりそで》になり、お蘭に戻った。

ふたりの着替えが終わったのを見定め、女将が階段をあがってきた。お蘭の若衆髷を島田《しまだ》に戻すのだ。

座敷の隅に鏡台が置かれていて、お蘭が鏡の前に座る。女将が背後に立ち、櫛を使って髪を結い直していく。

虎之助と熊蔵は待つしかない。

「篠田さま、あっしは難しいことはわからんのですが、大沢さまは薩摩のお侍を召し捕るつもりなんですか。しかし、桶を盗もうとしたのは、あっしらのほうなんですがね」

「うむ、たしかにそうだな。大沢さまにはきっと、われらには知らされていない思惑があると思うぞ。そのうち、わかるだろうがな。

ともかく、われらは命じられたことはきちんとやり遂げた。それでよかろう。とくに、そなたの働きは見事だったぞ」

「篠田さまにそんなことを言われると、恥ずかしいですよ」

熊蔵は照れていた。

ふたりが話をしているうちに、お蘭の髪が島田に結い終わった。若々しい二八の娘になっている。

「お待たせしました。熊蔵、行きますよ。

篠田さま、よろしいですか」

口調まで、十六歳の娘に戻っていた。

女将に見送られて船宿を出る。

熊蔵は挟箱《はさみばこ》をかつぎ、薙刀を持っていた。挟箱には蘭之丞の衣装が入っている。

虎之助は片手に風呂敷包みをさげ、片手に杖を持っていたが、包みの中身は素浪人の衣装である。

船宿の桟橋に行くと、屋根舟が待機していた。すべて、大沢の配下の手配である。

三人は屋根舟に乗りこみ、すみやかに山谷堀を離れた。

屋根舟は隅田川をくだる。

虎之助は上之橋のたもとで舟をおりた。伊勢銀はすぐ近くである。

いったん伊勢銀の船頭部屋に戻ったあと、虎之助は湯屋に行くつもりだった。

伊勢銀は大店だけに内湯があるが、主人とその家族専用である。

奉公人一同や、船頭部屋に泊まる船頭たちは湯屋を利用する。虎之助もそれに準じていた。

虎之助をおろしたあと、お蘭と熊蔵が乗った舟は日本橋川に入る。北鞘町の河岸場でおりるつもりであろう。

五

田所町の吉村道場に出かけようとしていると、丁稚が廊下から声をかけてきた。

「篠田さま、髪結《かみゆい》さんが来ていますよ」

「ほう、そうか」

篠田虎之助は頭を手で撫《な》でた。

かなり月代《さかやき》がのびている。五分月代という状態に近かった。

(ああ、そうか)

虎之助は得心《とくしん》がいった。

昨日、浅草寺の境内で素浪人の役を演じた。その準備のため、ここ数日、意図的に月代を剃らなかったのだ。

「よし、道場に稽古に行く前に、月代を剃り、髷を結い直してもらうか」

虎之助はつぶやき、店のほうに向かう。

伊勢銀にはほとんど毎日のように、廻り髪結が来ていたのだ。

というのも、奉公人が多いため、てんでに髪結床に行っていたのでは仕事に支障が生じる。そこで、廻り髪結と一か月単位で契約して店に出張してもらい、主人以下、奉公人一同は手の空いている者が交代で、月代を剃ったり、髪を結ってもらったりしていたのだ。

しかも伊勢銀では、船頭部屋に寝泊まりしている船頭にも、無料で廻り髪結を利用させていた。これに虎之助も準ずるというわけだった。

中庭に面した明るい部屋に行くと、手代のひとりが座り、その背後に立った髪結の男が髻《もとどり》に元結《もとゆい》を結んでいるところだった。

「へい、もうすぐ終わりますんで、ちょいとお待ちを」

髪結が虎之助に言った。

紺色の腹掛と股引のうえに広袖を着て、角帯を締めていた。そばに、商売道具である鬢盥《びんだらい》が置かれている。廻り髪結はこの鬢盥をさげて、契約先をまわるのだ。

手代が終わり、虎之助の番になる。

月代を剃ってもらっていると、横に座った男が声をかけてきた。

「おや、篠田さまじゃありませんか」

虎之助は顔を動かせないため、横目で見る。

関宿の船頭の金五郎《きんごろう》だった。

「篠田さま」と呼ばれ、虎之助はちょっと切《せつ》ない気分を味わった。

子どものころ、江戸川や利根川で、おたがい「虎ちゃん」、「金ちゃん」と呼んで遊んだ仲である。ところが、いまは厳然たる身分の差があった。

虎之助はつい、「さまはよしてくれ」と言いそうになったが、思いとどまった。そうした気遣いは、かえって相手を戸惑わせ、居心地の悪い気分にさせるだけであろう。

現在の身分に応じた言葉を返す。

「おお、ひさしぶりだな。そなたも伊勢銀の船頭部屋に泊まっているのか」

「へい、ついさきほどまで寝ておりました。夜船だったものですから。

ところで、関宿河岸の騒ぎは……」

金五郎が声を低くした。

虎之助は相手の言葉を途中でさえぎる。

「おい、その話は、ここではよせ」

「へい、わかりやした」

金五郎は首をすくめた。

その後、話題を探していたようだったが、思いついたらしい。

「山本《やまもと》道場の先生が倒れたのは知っていますか」

「え、知らなかった。どうしたのだ」

虎之助は思わず顔を動かしそうになった。

関宿城下にある山本道場は、虎之助が通っていた東軍流《とうぐんりゅう》の剣術道場である。

「卒中《そっちゅう》と聞きましたがね」

「う～ん、そうだったのか」

虎之助は暗い気分になった。

卒中であれば、たとえ回復しても麻痺《まひ》が残り、剣術師範を続けることはできまい。

「山本道場はどうなるのか、聞いておるか」

「さあ、そこまでは、あっしも」

「そうか。本来であれば、見舞いに行かねばならぬところなのだが……」

虎之助は語尾を濁した。

当分、関宿に戻ることができないのはわかっていた。

金五郎がまた思いだしたようだ。

「そうそう、最近、利根川でおもしろい話がありましたよ」

「ほう、河童《かっぱ》でも出たのか。子どものころ、河童ごっこをしたが」

虎之助は金五郎らと、利根川で河童ごっこをしたのを思いだした。

河童は川の中にいる人間の肛門に手を突っこみ、尻子玉《しりこだま》を抜くと言われて恐れられていた。尻子玉がなんなのかは誰も知らなかったが、とにかく抜かれると死ぬという。

川の中で遊んでいるとき、潜水して背後から近づき、相手の尻に触《さわ》るのだ。尻を触られた男の子は、河童が尻子玉を抜きにきたかと思い、悲鳴をあげる。

そんな、他愛《たあい》ない遊びだった。

「いえ、河童じゃなくて、水戸《みと》さまですがね」

「ほう、水戸さまか」

虎之助は眉をひそめた。

水戸さまとは、水戸藩徳川家のことである。水戸藩の御用船は御三家であるのを笠《かさ》に着て、利根川や江戸川では横暴そのものだった。泳いでいる子どもにも容赦ないことから、虎之助も幼いころ、「水府御用」の旗のある舟にはけっして近づかないよう教えられていたのだ。水府《すいふ》は水戸藩のことである。

「水戸さまの舟がお城の天守閣の下の利根川に停泊し、しかも棹を川底に突き立てていたのです。そこで、川関所のお役人が、

『ここは舟を泊めるのは禁止じゃ。早々に移動させよ』

と、申し入れたのです。

すると、水戸さまの舟の船頭は、

『川の水は天下のまわりものですぜ。久世さまのものではありますまい。その水の上に浮いていて、なにが悪いのですかい』

と、言い返してきたそうでしてね。

そこで、お役人が一喝《いっかつ》しました。

『たしかに、水は天下のまわりものじゃ。だが、その川底は関宿藩久世家の領地である。そこに棹を突き立てるとは無礼千万。早々に棹を抜き取り、立ち去れい』

ついに、水戸さまの御用船も退散したそうですよ。あっしら関宿の船頭は、溜《りゅう》飲《いん》をさげましたがね」

「ほう、そんなことがあったのか」

虎之助はその役人の名前を聞いてみたい気がした。

もしかしたら、父かもしれない。だが、いざとなると急にためらう気持ちになり、口に出せなかった。唐突《とうとつ》に、話題を変える。

「ところで、そなたは女房はいるのか」

「女房どころか、がきもふたり、いますぜ」

金五郎が家族のことを話しはじめた。

女房は、やはり関宿の船頭の娘だという。しかも、金五郎はすでにふたりの子持ちなのだ。

そのうち虎之助の髪が終わり、金五郎の番になった。

第五章　立てこもり

一

原牧之進が嬉しそうに笑った。

「うむ、やはり来たか。まさに以心伝心《いしんでんしん》だな」

「俺が稽古に来るだろうと思っていたのか」

篠田虎之助が問い返す。

内藤新宿の、天神真楊流柔術の木下道場である。虎之助が顔を出した途端、すでに道場にいた原が声をかけてきた。

「さきほどから俺は、義兄と姉に、

『今日、きっと篠田が来るはずです』

と、受けあっていたのだ」

原の義兄の木下兵庫は、道場の畳の上で門人に稽古をつけていた。その稽古を、数人が見守っている。

かなり門人が増えたようだ。近在の武家屋敷の子弟らしき若者もいるが、いかにも女郎屋の若い者らしき中年の男もいる。内藤新宿という場所柄だろうか。

原のそばにいた姉のお万が言った。

「また、手伝っていただくことができましてね」

「貴公は門限がなくなったから、こういうとき、助かるぞ」

原が補足する。

虎之助は、ほぼ察しがついた。また、揉め事の解決に駆りだされるのに違いない。

「ほう、今度はなんですか」

「先日と同じく、内藤新宿の旅籠屋ですがね。今回はもっと面倒になりそうです」

「今回も、姉上が軍師ですか」

原がなかば皮肉をこめて言う。

お万は平然と答えた。

「もちろん軍師ですが、今回はあたしも出陣します」

「はあ、そうですか。では、私と篠田は雑兵《ぞうひょう》ですか」

「雑兵とまでは言いません。まあ、武将のひとりと認めましょう」

姉弟の応酬を聞いていた虎之助が口を開いた。

「出陣はいつからですか」

「日が暮れてからになります。それまで、稽古をしてください。稽古が終わったあとで、軍議をおこないます」

言い終えると、お万は奥に引っこむ。

子どもの世話もあるし、奉公人への指示もある。かなり忙しいようだ。

虎之助は稽古着に着替え、道場に出た。

＊

門下生が稽古を終えて帰ると、道場には兵庫・お万夫妻と、虎之助と原の四人になった。

お万が説明する。

「頼んできたのは、松屋《まつや》という旅籠屋です。旅籠屋といっても事実上の女郎屋なのは、知ってのとおりです。

今日の昼過ぎ、松屋に武士が乗りこみ、飯盛女《めしもりおんな》ひとりを殺害し、その後は二階にいた客の男や飯盛女を人質にして、立てこもってしまったのです」

「えっ、昼過ぎですか」

虎之助は思わず驚きの声を発した。

立てこもり事件そのものより、経過時間に驚いたのだ。立てこもりが発生してから、すでに二時《ふたとき》（約四時間）以上も経過している。そのあいだ、木下道場があいかわらず稽古を続けていたのは、とうてい理解しがたい悠長さである。

兵庫は虎之助の疑問を察したのか、おだやかに微笑んだ。

「そなたの気持ちはわからんではないが、じつは、わしの指示でしてね。状況を聞き取ったあと、なまじすぐに対応してはかえって事態を紛糾《ふんきゅう》させかねないと判断しましてね。

それで、しばらく放置しておいて、相手が疲れてきたころ、まあ、日が暮れたころからの作戦開始としたのです」

「はあ、そうでしたか。

話の腰を折ってしまい、申しわけないです」

虎之助がお万に謝り、話を続けるよううながす。

「松屋に吉野《よしの》という飯盛女がいて、水上次郎四郎《みずかみじろしろう》という御家人が馴染《なじ》みとなり、通っていました。

水上どのは、

『吉野に騙された』

と、激昂《げっこう》し、松屋に乗りこんだのですがね。

しかし、世間で、

『女郎の誠《まこと》と卵の四角、あれば晦日《みそか》に月も出る』

というくらいで、女郎が嘘をつくのはあたりまえです」

お万が世慣れた文句を言う。

太陰暦では晦日は闇夜であり、月は出ない。遊女の言葉に真実がないことのたとえである。

原はニヤニヤしていた。

「吉野はきっと、

『おっ母さんが病気で、薬を買う金を貸してほしい』

などと水上どのに泣きつき、金を引きだしていたのでしょうがね。

水上どのは吉野の嘘がわかり、怒り狂ったのですが、野暮《やぼ》と言いましょうか、愚《ぐ》の骨頂《こっちょう》と言いましょうか。

今日の昼過ぎ、目をつりあげた水上どのが抜刀して松屋に入ってくるや、そのまま階段を二階に駆けあがったのです。そして、二階の座敷にいた吉野に斬りつけて殺し、その後は客と飯盛女を人質にし、立てこもってしまったというわけです」

「水上どのは、なにを要求しておるのですか」

「なにも要求はしておりません。あたしはさきほど、松屋の女中をよそおい、二階にお茶を運びながら、様子をうかがってきたのです。水上どのも相手が女だと警戒をゆるめますからね。水上どのの要求は、『酒を持ってこい』だけでした」

虎之助は、単身で二階にあがったお万の度胸に驚嘆した。

兵庫が口を開いた。

「おそらく水上どのは怒りに我を忘れ、あとさきを考えずに刀を振るったのでしょうな。吉野を殺したあと、どうするかなど、まったく頭になかったのだと思いますぞ。とりあえず、人質を取って立てこもった。そういうことでしょうな。要するに、狂乱状態だったのです。

ですから、階段下を固めて逃げられないようにさえしておけば、水上どのは進退窮《きわ》まり、自害するしかないでしょうな。

自害するのを待ってもよいのですが、水上どのが自暴自棄になり、『死なばもろとも』と人質を殺しかねません。それは避けたいので、日が暮れたころ突入しようというわけです。

それと、松屋の事情もありましてね。昼間だと野次馬がすぐに詰めかけ、噂になりますからな。できるだけ世間に知れないように解決したいというわけです。ですから、いまは主人一家に不幸があったと言って、客はすべて断っているはずです」

口調はおだやかながら、兵庫は冷徹だった。

お万が虎之助に、仕出料理屋の若い者が料理を運ぶ蝶足膳を示した。

「これは、仕出料理屋から借りてきたものです。若い者は頭の上にのせて、料理を運んでいますよね」

「はい、見たことがあります」

「出陣までに、稽古して慣れておいてください。理由は、あとで言います。

では、これから作戦を説明します」

お万は強引である。

虎之助は蝶足膳の用途も質問できないまま、作戦を聞き入る羽目《はめ》になった。

二

すでに内藤新宿は薄闇に包まれていた。

歩きながら、お万が言う。

「松屋は七人の飯盛女を抱えていました。

水上次郎四郎どのが押し入ったとき、二階座敷には女五人と、客の男五人、それに若い者ひとりがいました。そのうち、吉野が死にました。若い者は斬られて怪我をしていますが、あたしが二階に行ったときに見たら、手拭を巻いて血止めをしていました。命に別状はないでしょう」

「すると、二階には刀を持った水上どのと、女四人、男六人がいるわけですな」

原牧之進が確認する。

篠田虎之助が言った。

「俺は仕出料理屋の若い者の役目だが、貴公は鼠小僧を演じるというのは、どういう意味だ」

「鼠小僧さながら、裏から松屋の二階に忍びこむ」

「おい、そんなこと、できるのか」

「貴公は泳ぎが達者だ。俺は泳ぎはできないが、子どものころから木のぼりが得意でな。まあ、任せておけ」

原が自信たっぷりに言った。

お万が松屋を指し示した。

「ここです」

表間口は十間（約十八メートル）、奥行も十間ある。豊倉屋や伊豆橋屋ほどではないが、松屋の規模も大きかった。

表の戸はすべて閉じられ、「忌中」という紙が貼られていた。忌中をよそおい、客を断っているようだ。

「では、あとで会おう」

原は表を眺《なが》めたあと、裏にまわろうとする。

腰に両刀はなく、帯に三尺（約九十一センチ）ほどの棒を差している。

虎之助が言った。

「貴公、武器はそれだけか」

「うむ、これは『弓折《ゆみお》れ杖』といって、折れた弓を切り詰めて、柄糸《つかいと》を固く巻き締めて作ったものだ。義兄に借りた。

神道夢想流の杖を持って二階にはのぼれぬからな。それに、部屋の中ではかえって長い杖は不利だ。この弓折れ杖で充分だぞ」

そう言うや、原は裏に向かう。

お万が戸を叩き、

「木下道場です」

と、告げた。

すぐに、くぐり戸が開いた。

お万と虎之助は腰をかがめてくぐり、中に入った。

あちこちに行灯がともされているが、中は薄暗い。

松屋の主人の市右衛門《いちえもん》が出迎える。顔に疲労の色が濃い。

お松が言った。

「二階に明かりはありますか」

「さきほど、女中が行灯に灯をともしにいきました。あちこちに行灯が置かれているはずです」

「出前の件はどう話しましたか」

「さすがに腹が減ったのか、夕飯を持参せよと要求してきましてね。それで、仕出料理屋から取り寄せると答えました」

「それで、けっこうです。湯は沸いていますか」

「はい、あちらで沸かせております」

市右衛門が土間の片隅を示した。

台所には複数のへっついがあった。へっついのひとつに火があり、上にのった大鍋から白い湯気があがっていた。

「用意はできていますね。さあ、いきますよ」

お万が虎之助に言った。

虎之助は無言でうなずく。

腰に両刀は帯びておらず、着物の裾を尻っ端折りしている。ふところに鉄扇が忍ばせてあるのみだった。

＊

女中が大鍋から柄杓《ひしゃく》で、盥《たらい》に湯を汲み入れた。盥から湯気があがる。

盥に湯が八分目くらいまで入ったところで、そっと持ちあげ、蝶足膳の上にのせる。

そばで見ながら、市右衛門は心配そうだった。

「ちゃんと運べますか。慣れないと、かなり難しいと聞いたことがありますぞ。慣れた若い者になると、手で支えず、頭だけで運ぶ者もいますがね。もちろん、そんな芸当をする必要はありませんが」

「さきほど、蝶足膳に丼や鉢、皿などをのせて稽古させましたから。それに、両手を添えますから、大丈夫ですよ」

お万がきっぱりと言う。

だが、当の虎之助は極度に緊張していた。

まず両手で蝶足膳を持ちあげ、慎重に重さの配分を確かめる。中腰になったあと、そっと蝶足膳を持ちあげ、頭上にのせた。

頭上の蝶足膳を両手で支えながら、ゆっくり立ちあがる。

(よし、まっすぐ立てたぞ)

虎之助は内心でつぶやく。

まわりで見守る市右衛門や女中たちが、

「ほ〜お」

と、嘆声《たんせい》を発した。

「よし、その調子。では、あたしが先に行きますからね」

お万が激励したあと、歩き出す。

虎之助は背筋をのばし、あとに続いた。

階段に足をかけながら、お万が二階に向けて叫んだ。

「これから料理を届けます。料理屋の若い衆も一緒ですからね」

とくに返事はなかったが、お万は階段をあがっていく。

あとに続く虎之助は、一歩、一歩、確かめるように階段をあがる。蝶足膳を支える両手の腋《わき》に、冷や汗が滲《にじ》んでいた。

なにせ、頭上にあるのは熱湯なのだ。

頭の中には、揺らすなという一念しかない。

息を殺し、静かに、静かに階段をあがった。

無事に階段をあがりきり、足の裏が二階の廊下を踏んだとき、虎之助は安堵感からフーッと大きく息を吐きそうになった。すぐに気づき、あわてて息を殺す。大きく息を吐いただけでも、頭上の湯が揺れる気がしたのだ。

お万が声をかける。

「料理をお持ちしましたよ」

「ここだ」

疲労感のこもった、しゃがれた声が返ってきた。

虎之助が見ると、水上は廊下の窓際にしゃがみこんでいた。右手には抜身を持っている。

その場所は、階段と近くの座敷を見渡せる位置だった。見える座敷に人質はみな押しこめられているのであろう。

虎之助はやや戸惑った。水上が立っていると想定していたのだ。

熱湯を水上の足元にぶっかけ、動転しているところを、原が飛びこんで刀を奪う。そして、ふたりで水上をおさえこむ作戦だった。

まさか、水上に立ちあがってくれと要求はできない。

自分が頭の中で想像していた動きとは異なるが、こうなれば、やむをえなかった。

（これこそ臨機応変だな）

水上が苛立《いらだ》ったように、

「おい、早く、そこに置け」

と、自分の目の前の廊下を示した。

「へい、かしこまりました」

虎之助は両手で蝶足膳を支えたまま、お辞儀をするように上体を傾ける。桶から熱湯が流れ出た。

「ギャー」

水上が絶叫しながら、のたうちまわる。

下半身に熱湯を浴びたのだ。

そのときにはすでに、お万がすばやく座敷に走り、遊女と客の無事を確かめていた。

ほぼ同時に、弓折れ杖を手にした原が飛びこんできた。

瞬時に、状況を見て取ったようである。水上の手から離れた刀を拾いあげながら、原が気落ちしたように言った。

「なんだ、もう、片付いたのか」

「貴公の活躍の場を残したかったのだが、あっけなく片がついてしまってな。すまぬ。俺も鉄扇を振るう場がなかった」

虎之助は水上に目をやる。

廊下に寝そべった格好の水上は、苦悶にうめき続けていた。

お万が階下に、無事に解決したことを伝える。すぐに、数人の若い者と女中があがってきた。

若い者ふたりが両脇から水上を支え、階段をおりていく。そのあと、お万、原、そして虎之助も階段をおりた。

「さあ、われらは引きあげますよ」

お万が宣言する。

虎之助は帰り支度をしながら、主人の市右衛門のそばに木下兵庫の姿があるのに気づいた。

(おや、いつの間に)

お万は夫の存在に気づいているはずだが、素知らぬ顔をしている。

兵庫の同意を得た様子の市右衛門が、声を張りあげた。

「さあ、店を開くぞ。表戸を開けろ。ぼやぼやするな」

途端に人の動きがあわただしくなる。

立てこもり事件が解決するやいなや、すぐに松屋は営業再開なのだ。

虎之助は圧倒され、言葉もない。

開け放たれた表戸から、お万と原、そして虎之助は外に出ると、暗いなかを木下道場に歩いて戻った。

＊

その夜、虎之助はお万と原に勧められ、木下道場に泊まることになった。

虎之助としても、やはり松屋にとどまった兵庫が気になっていたのだ。兵庫の帰還を待ちたかった。それにしても、自由に外泊ができる身分はありがたいと思う。

ただし、泊まるといっても、道場の畳の上に布団を敷き、原と枕を並べて寝る。

ふたりは下女が敷いてくれた布団の横に胡坐《あぐら》をかき、やはり下女が持参した酒を酌み交わしながら、兵庫の帰りを待った。

お万は子どもの世話があるのか、母屋のほうに行ってしまい、もう姿を見せない。すでに寝てしまったのかもしれなかった。

「先生はどうしたのであろうな」

虎之助はけっして疑惑を抱いているわけではないのだが、やや不審がつのる。松屋の主人の市右衛門と、どんな協議をしているのだろうか。そもそも、水上はどうなったのだろうか。

すべては、帰ってきた兵庫の説明を聞くまではわからない。

原は、虎之助の不審を察したようだ。

「義兄はなかなかの策士だからな」

「え、そのようには見えぬが」

「そこが策士たる所以《ゆえん》だよ。姉は軍師を気取っておるが、けっこう単純でな。義兄は姉の陰に隠れていると言えような」

「ほう、そうなのか」

虎之助は兵庫に対する見方が変わる気がした。

ふたりがとりとめのない話をしていると、ようやく兵庫が戻ってきて、道場に顔を出した。

さっそく下女が酒を入れた徳利と茶碗を運んできた。

「もう、へっついの火を落としてしまいましたので、燗《かん》はしておりませんが」

「うむ、冷やでかまわんぞ。遅くまですまない。もう、あとは気にせずに寝てよいぞ」

兵庫がねぎらった。

下女の姿が消えたあと、原がさっそく言う。

「あのあと、どうなったのですか」

「一階の奥座敷で、わしは水上どのと、ふたりきりで話をした」

聞きながら、虎之助は釈然としない気分だった。

兵庫は茶碗の酒をゆっくり呑み干した。

「じつは、わしは水上四郎次郎どのとは旧知の間柄でな。松屋の使いから名前を聞かされ、すぐに思いだした」

「義兄上の知りあいでしたか」

さすがに原も驚いている。

兵庫が虎之助を見た。

「木下家は御家人で、牛込《うしごめ》に屋敷があります。いま、木下家の当主は、わしの兄です。

水上家の屋敷は近所でした。やはり、御家人です。そんなことから、わしは子どものころから水上を知っていたのです。それほど親しいというわけではありませんでしたがね。それに、わしは早くに屋敷を出ましたから、その後、水上と顔を合わすこともなかったのです。

さきほども、水上は最初、わしを見てもわからなかったくらいです」

「義兄上と水上どのが旧知の間柄と知って、松屋の市右衛門どのは交渉を一任したのですか」

「市右衛門どのは表向き、水上どのに、

『お役人に引き渡します』

と宣告していたがな。

しかし、脅しをかけただけで、内心では表沙汰にしたくないのはあきらかだ。

女郎屋は、叩けば埃《ほこり》が出る稼業だからな。しかも、大量の埃が舞う。

たとえば、内藤新宿は百五十人まで飯盛女を置くことを認められているが、実際には倍以上いる。なまじ役人が取り調べをはじめると、違反がおおやけになり、営業禁止に追いこまれかねない。藪蛇《やぶへび》になりかねないからな。そこで、市右衛門どのは事件を表沙汰にせず、しかし死んだ吉野の補償はしてもらえる形での解決を、わしに頼んできたわけだ」

「なるほど」

虎之助はいまこそ兵庫の策士ぶりがわかると思い、期待に胸が高鳴った。

兵庫が淡々と言う。

「水上どのも、役人に引き渡されたらどうなるかは充分にわかっていた。打ち首になるのはもちろん、水上家は改易になり、取り潰しじゃ。

そこで、わしが水上どのに、吉野を身請けするよう勧めた」

「しかし、義兄上、吉野は死んでおりますぞ。死人を身請けなどできますまい」

原が反論する。

虎之助も、下級の幕臣が身請けするなど、とうてい信じられない気分であり、婉曲に反論する。

「吉原の花魁《おいらん》ほどではなくとも、遊女の身請けには大金がかかると聞いておりますが」

「水上家は御家人ですが、小普請組《こぶしんぐみ》なので仕事はなにもありません。しかし、祖父の代に金貸しをはじめ、それで成功しましてね。微禄の御家人ですが、水上家は内実はゆたかなのです。

水上どのは祖父と親のおかげで、裕福でしてね。わしは、それを知っていたので、身請けという解決を持ちかけたのです。

吉野をまだ生きていることにして、水上どのが松屋に大金を払い、身請けするわけですな。松屋と水上どのとのあいだで、きちんと身請け証文も取り交わします。そして、吉野の遺体を駕籠にのせて、水上家が引き取るわけです。その後、吉野は病気で急死したことにして、水上家の菩提寺《ぼだいじ》に葬《ほうむ》り、それで決着ですな」

「なるほど、それだと、水上どのが吉野を殺害したことは隠蔽《いんぺい》されます。しかし、水上どのの妻子は動転するのではありますまいか、いや水上家は大騒ぎになりましょう」

原がやや納得がいかぬ顔をした。

兵庫がけろりとして言う。

「水上どのは独り身でな。屋敷には、下男や下女などの奉公人がいるだけだ」

虎之助と原は思わず笑いだした。

兵庫はそこまで考えていたのだ。

「ところで、義兄上、参考までにうかがいたいのですが、水上どのは吉野の身請けにいくら支払ったのですか」

「そなたは、もしかしたら、身請けしたい相手でもいるのか」

「いえ、そう言うわけではありませんで、あくまで参考です」

珍《めずら》しく原の歯切れが悪い。

兵庫は笑いをこらえている。

「吉野はまだ年季が四年、残っておったそうでな。五十両で身請けと決まった」

「ほう、五十両ですか」

「それだけではないぞ。騒動のあいだ、松屋は休業を余儀なくされたから、その補償も求められた。さらに、血で汚れた畳や、壊れた調度品などの賠償も求められた。

そのほか、水上どのは遺体を牛込の屋敷まで運ぶ駕籠賃や、埋葬の費用も負担しなければならない。

全部合わせると、百両近くになったのではあるまいか。逆から言えば、水上どのはそれを出せるくらいの金を持っているということだな。

高利貸しをしているくらいだから、金は持っていた、しかし、人一倍、金には執着していた。吉野に泣きつかれて金を出してやり、あとで嘘だったとわかって怒り狂ったのも、金に異常な執着があったからかもしれぬな」

「なるほど、自分が騙されたとわかったとき、もう、あとさきがわからなくなったのも異常な執着心から発していたのかもしれませんな」

原は相槌《あいづち》を打っていたが、途中からあくびにかわる。

それが兵庫にも伝染し、

「うう～ん、眠くなってきたな」

と、のびをする。

さすがに疲れが出てきたようだ。

「さあ、夜も更《ふ》けたし、そろそろ寝ますかな」

兵庫が立ちあがりかける。

虎之助はふと思いだした。

「そういえば、私は当初の予定とは異なり、水上どのの下半身に熱湯をぶっかけてしまいました。火傷《やけど》の具合はどうなのでしょうか」

「ああ、そのことですか。わしは、いちおう下半身の傷を確かめたのです。たしかに、下腹部や太腿に火傷をしていましたな。本人は懸命に隠そうとしていましたが、へのこも火傷をしていたようです。しかも、痛みがひどいようでしてね。気の毒というか、おかしいというか。

とりあえず、わしは、

『医者に診てもらってはどうですか。小便さえ支障がなければ、とりあえず、よしとしなければなりますまい』

と、慰《なぐさ》めたのですがね。

水上どのはがっくりとうなだれておりましたぞ。もう、へのこが使い物にならないと思ったのかもしれませんな」

「そうでしたか」

さすがに虎之助は気が咎《とが》めた。

いっぽう、原は愉快そうに笑っている。眠気も吹き飛んだようだ。

三

「またもや、こんなところで立ち話になり、すまん」

小島彦九郎が篠田虎之助に謝った。

先日と同じ、隅田川に面した場所である。

ただし、先日は日が暮れていたのに対し、今日は朝のうちだった。川を行き交う各種の舟が立てる水紋が、朝日を浴びてきらきらと光っている。まさに、水上交通の大動脈、隅田川の活気と言えよう。

さきほど、小島が伊勢銀を訪ねてきて、虎之助を外に呼びだしたのだ。小島は供も連れておらず、内密の話なのがわかる。

「本当は小料理屋などの奥座敷で酒でも呑みながら、ゆっくり話をしたいところなのだが、そういうところこそ、まさに『壁に耳あり、障子に目あり』だからな」

「うむ、それは拙者も充分に承知している。場所など気にすることはないぞ」

「そうか。では、先日のお下屋敷に討ち入った件だ。ついに決着がついたぞ」

「ほう、どうなったのか。拙者も気になっておった」

「甲斐田求馬どのが全責任を取って切腹し、これで落着した」

「ほう。では、下屋敷に立てこもっていた船頭や水夫たちは、どうなったのか」

「厳重に譴責したうえ、みな関宿に戻された。一か月ほどは親元あずけ、あるいは親方あずけになろう。いわば、謹慎処分だな。そのあとはみな、仕事に復帰する」

「ずいぶん寛容《かんよう》というか、甘い処分というか。拙者は最悪の場合、全員が打ち首になってもおかしくないと思っていたぞ」

　虎之助が意外そうに言った。

　小島がうなずく。

「拙者もそう予想していた。下《くだ》ったお沙汰を知って、拙者は意外というより、なかば唖然としたぞ」

「殿のご意向ということか」

「さよう、領内にできるだけ波風を立てず、穏便におさめたいというのが殿のお考えでな。

　そこで、甲斐田どのがすべての責任を取って切腹することで、船頭や水夫の助命を願ったわけだ」

「おい、ちょいと待ってくれ。ちと変だぞ。そもそも、甲斐田どのは切腹したわけではないぞ。

　もちろん、甲斐田どのが自分で自分を刺したのは、拙者もこの目で見た。また、腹部の刺し傷だから回復は望めまい。あのまま死んだであろう。

　しかし、もし生きていたとしたら、甲斐田どのの罪状は斬首だぞ。甲斐田どのが、自分が切腹することで船頭や水夫の助命を願ったなど、事実とは違うではないか。きれいごとというか、誤魔化しというか」

虎之助の口調も、いつしか厳しくなる。

藩の上層部に対し、不信感が芽生えていた。

小島が意味ありげに笑った。

「貴殿は、あの日、阿部邦之丞さまが人払いをして、甲斐田どのとふたりきりになったのを覚えているか」

「もちろん、覚えている。阿部さまは人を遠ざけることで甲斐田どのを安心させ、尋問したのではないのか」

「尋問したのに違いはないであろうが、拙者はじつは取引をしたと見ている」

「どういうことか」

「阿部さまは殿の御側御用取次だ。拙者は、さすが御側御用取次と感心したぞ。こうでなければ御側御用取次は務まらぬと、感じ入った。まさに老獪《ろうかい》と言うべきか、狡猾《こうかつ》と言うべきか。いや、深謀遠慮《しんぼうえんりよ》と評すべきだろうな」

「おい、もったいぶらずに早く説明してくれ」

虎之助が苛立った。

小島が宥《なだ》める。

「まあ、順序だてて話をさせてくれ。もちろん、これは阿部さまがわれらに打ち明けたわけではない。あの日、ともにお下屋敷に討ち入った連中と語りあい、推理し、まとまった結論だ――。


阿部さまは甲斐田どのにこう言った。

『そのほうがこのまま死ねば、甲斐田家は改易となり、親兄弟や妻子は関宿から追放され、路頭《ろとう》に迷うのはわかっていような』

甲斐田どのはもちろんわかっていたろう。

そこで、阿部さまはこう切りだす。

『しかし、そのほうは救えぬが、甲斐田家を救う方法はあるぞ。

そのほうは今回の騒動に関し、せめて船頭や水夫の命だけは助けていただきたいと嘆願し、もしそれが許していただけるなら、自分は潔《いさぎよ》く腹を切ると申し出たことにしよう。そして、お慈悲のある殿が、それをお聞き届けになったことにする。

そうすれば、そのほうは覚悟の切腹をして、船頭や水夫の命を救ったことになる。関宿の甲斐田家は存続し、家督相続も許されよう。
ただし、この方法を実現するためには、そのほうに相応の協力をしてもらわねばならぬぞ』
――と、まあ、こういう論法で、阿部さまは甲斐田どのを説得した。そして、
甲斐田どのは協力を承知したわけだ。

あくまで、われらの想像だが、大筋では間違っておらんと思うぞ」
「なるほど、よくわかった。しかし、『協力』とはなんだ」
「阿部さまは、関宿にはもっと深い闇があると見ていたのだろう。そこで、今回
の事件を利用し、甲斐田どのに知っているかぎりのことを自白させたのだ」
「甲斐田どのは洗いざらい、ぶちまけたわけか」
「いや、それは拙者ごときには、うかがい知れぬ。しかし、甲斐田どのが切腹し
たことになったことから見て、横行している不正の元凶について述べたのは間違
いあるまい」
「ふうむ、なるほど。では、今後、どうなるのかのう」
「阿部さまは殿にお知らせし、どう対応するか熟慮《じゅくりょ》されるであろう」

「どうも、貴殿の話はまどろっこしいな」

またもや虎之助が苛立った。

小島はやや憤然《ふんぜん》とする。

「拙者ごときに、これからどうなるかが、わかるはずがあるまいよ。しかし、想像するに、もしかしたら関宿で、また江戸の藩邸でも大掃除がはじまるかもしれぬな。おい、大掃除と言っても、箒《ほうき》と雑巾《ぞうきん》でやる掃除ではないぞ」

「それくらい拙者もわかるぞ」

虎之助が笑いだした。

小島も笑いながら言う。

「まあ、ともあれ、ご公儀に知られることなく、また世間に妙な風評が流れることなく騒ぎをおさめることができた。上出来と言えような」

「うむ、そうだな。それに、拙者は船頭や水夫がひとりも処刑されなかったことに、ほっとしている。甲斐田どのの自害は、やむをえぬだろうがな」

「うむ、そうだな。今回、甲斐田どのに扇動された船頭や水夫は、いずれも熟達した連中だったという。一挙に連中を失うのは、関宿藩にとっても大きな痛手になっていたろう。巧妙な方法で、連中を温存できたと言えような。あとになって考えると、殿と阿部さまの考えていることが、われらとは桁《けた》が違うのがわかるぞ。

では、拙者はこれで」

「関宿にはいつ帰るのだ」

「明日の舟に乗る予定だ」

そう言うや、小島が帰っていく。

後ろ姿を見送りながら、虎之助は小島が言及した大掃除について考えた。

近いうちに、関宿でも各所で改革がおこなわれるかもしれない。川関所も例外ではあるまい。

川関所の役人である父はどうなるか。

(父上は隠居するかもしれないな)

となると、兄が篠田家の家督を継ぎ、川関所の役人になるであろう。

(兄上がいるから、篠田家は安心だな)

虎之助はぽつり、つぶやいた。

四

小島彦九郎と別れて伊勢銀に戻ると、番頭の伝兵衛が声をかけてきた。

「篠田さま、お出かけでしたか」

「はい、つい近所ですが、人と会っておりました」

「じつは、篠田さまにお目にかかりたいという人がいるのですがね」

「え、拙者に。誰ですか」

「お文《ふみ》さまです」

伝兵衛が微笑《ほほえ》んだ。

篠田虎之助はどきりとした。目の前にお文の面影がよみがえる。

関宿にいたころ、虎之助は友人の加藤柳太郎《かとうりゅうたろう》とともに暗殺に従事し、加藤は死んだ。その加藤の許嫁《いいなずけ》がお文だった。

虎之助は加藤の死を看取《みと》ったが、最期の言葉を聞き取れなかった。あとになって、加藤が「お、ふ、み」とつぶやいたのがわかり、自分の不甲斐《ふがい》なさが腹立たしく、情けなかったものだった。

その後、このままでは「行かず後家《ごけ》」になってしまうのを案じ、伊勢銀の主人の妻であるお春《はる》が尽力し、お文を迎えて養女にした。そして、お文は伊勢銀の娘として、小網町の船問屋に嫁入りしたのだ。

「ほう、お文どのが伊勢銀に来ておるのですか」

「はい、じつは昨夜はこちらにお泊まりでした。そろそろ小網町にお帰りになるのですがね。

なにかの拍子に、篠田さまがこちらに寄留《きりゅう》されていることが話題になり、お文さまが、

『せめて、ご挨拶だけでもしたい』

と申されましてね。

そんなわけなのですが、どうされますか」

「はい、せっかくですから、お会いしましょう」

虎之助は即答した。

お文が嫁入りする前、虎之助は一度だけ、伊勢銀の奥座敷で対面していた。それに続いて、二度目の対面が実現することになろう。

「さようですか。では、こちらへ」

伝兵衛が案内する。

普段は虎之助が利用することのない廊下を通り、奥の座敷に向かう。

座敷に通されると、そこにはお文と、養母のお春、それに数名の女中がいた。

「篠田さま、おひさしゅうございます」

お文は虎之助を見て、あでやかに微笑んだ。

前回、お文は終始、伏し目がちで、まともに虎之助の顔を見ようとしなかったし、声もかぼそかった。

ところが、いまは驚くべき変貌だった。

大店の若嫁として、堂々としていると言おうか。

また、前回は島田だったお文の髪型が、いまは丸髷《まるまげ》になっているのに気づいた。

まさに人妻なのだ。

つい、虎之助の挨拶は堅苦しくなる。

「おひさしゅうござる。ご壮健《そうけん》のご様子、なによりです」

「篠田さまは、お殿さまのためにいろいろとお働きだと、お聞きしております」

「え、なぜ、そんなことをご存じですか」

「番頭の伝兵衛に聞きました」

「お上屋敷の阿部邦之丞さまからお聞きしたことを、あたくしがお文さまにお伝えしたのです」

そばに座った伝兵衛が補足した。

阿部は虎之助を伊勢銀に寄留させるにあたり、やはり策を用いたに違いない。

虎之助は藩主の久世広周の内密の御用を務めている、とでも言ったのだろうか。

そう考えると、伊勢銀の厚遇も理解できる。小島の評に従うと、阿部の深謀遠慮ということになろうか。

「はあ、そうでしたか」

虎之助はそこまで言うに、とどめておいた。

お春が少し顔を傾け、にこやかに言った。

「篠田さま、お文を見て、なにか、お気づきになりませんか」

「いちだんと、お美しくなられましたな」

虎之助は正直に言った。

お春はおかしそうに笑ったあと、

「お腹が大きいのですよ。あたくしも、もうすぐ婆さんになります」

と、目を細めた。

「え、それは、おめでとうござる」

虎之助は驚き、お文の腹部に目をやったが、妊娠はまったくわからなかった。

わかる人にはわかるのだろうか。

それとも、自分が鈍感なだけであろうか。

お文は恥ずかしそうに頰を染めている。

なにか言葉をかけようと思うが、虎之助は気の利いた言葉がなにも思い浮かばない。

そのとき、女中が廊下から声をかけてきた。

「ご新造《しんぞ》さま、お迎えの舟がまいりましたよ」

お文の嫁ぎ先である小網町の船問屋が、迎えの舟を寄こしたのだ。供の女中を引き連れ、お文は深川佐賀町から小網町まで舟で帰ることになろう。ほとんど大名家や上級旗本の嫁と変わらない境遇と言えよう。

また、嫁ぎ先の船問屋の奉公人からは、お文が「ご新造さま」と呼ばれているのがわかる。

お文の亭主は家督を継ぎ、すでに船問屋の主人なのだ。

お文と別れ、虎之助は船頭部屋に向かいながら、やはり死んだ加藤のことを思いだした。

廊下から空を見あげる。

江戸の深川で見る白い雲は、関宿で見た雲となんら変わりはない。

関宿も江戸も、同じ大空の下にあるのだ。だが、同じ空の下に住む人の人生はかなり違う。

(おい、加藤、お文どのは母になるぞ)

心の中で呼びかけた途端、虎之助は鼻の奥が熱くなった。

船頭部屋の自室に戻る。左右の部屋からは鼾が聞こえてきた。夜船の船頭が寝ているのであろう。

虎之助は殺風景な部屋に座り、感慨にふける。

(人生はちょっとした偶然で、運命が変わるのかもしれぬ)

お文の人生に思いを馳せる。

もし、加藤が死ななかったら、お文は関宿藩の下級藩士の妻としての人生を送ったはずである。質素で単調な日々であったろう。自分が幸福か、そうでないかを考えることもあるまい。まわりには同じような藩士の妻の生活があり、比較しようもないからだ。

ところが、許嫁の加藤が死んだことで、深川の大店《おおだな》である伊勢銀の養女となり、さらに小網町の船問屋に嫁として迎えられた。あれよあれよという間に、玉の輿《たまのこし》に乗ったとも言えよう。

もちろん、虎之助には、自分の判断の誤りから加藤を死なせてしまったことを正当化する気持ちは毛頭《もうとう》ない。だが、結果として、お文という女の人生の扉を開いたのは事実であろう。

感慨にふけっているうち、虎之助は田所町の吉村道場にも、内藤新宿の木下道場にも、今日ばかりは行く気が起きないのに気づいた。

五

〽月は無情と云うけれど、主《ぬし》さん月よりなお無情。
花を咲かすも雨と風、花を散らすも雨と風。
もしも当座の花ならば、もとのつぼみにして返せ。

お谷の端唄と三味線の音色が、伊勢崎町の通りにこぼれている。

すでに閉店しているのだが、田中屋の前を行く人はみな、無意識のうちに歩みがゆるやかになるようだ。つい、聞き耳を立ててしまうのであろう。

なかには、お谷の声と三味線に合わせ、低く口ずさみながら歩く男もいる。端唄の稽古所に通っているのだろうか。

篠田虎之助は、表戸をトン、トンと叩いた。

すぐに猪之吉が表戸を開ける。

中に入ると、すでに隠密廻り同心の大沢靱負がいた。

虎之助は夕方、大沢の使いの者から、

「日が暮れてから田中屋に来てくれ」

と、呼びだされたのである。

座敷に座りながら、虎之助は膳に多彩な料理が並んでいるのに驚いた。

長火鉢の灰に埋められた銅壺《どうこ》で、徳利に燗をしている。

「大沢の旦那の手土産ですよ」

お谷が三味線を膝からおろしながら言った。

大沢が説明する。

「先日の隅田川の捕物がうまくいった祝いと慰労をかね、ちょっとした宴席があってな。ただし、料理屋などを使うわけにはいかぬので、仕出料理屋から料理を取り寄せ、奉行所内でおこなった。

どういうわけか、仕出料理屋の料理は品数が多くてな。みな食べきれず、折詰《おりづめ》にして家に持ち帰るのだが、身共は田中屋に手土産にしたというわけじゃ」

「あたしは折詰から料理を出して皿に並べただけ、そして食べるだけですけどね」

お谷がけろりとして言った。

猪之吉が勧める。

「もう、みんな、はじめていましてね。篠さんも、さっそくどうぞ」

「はあ、そうですか」

虎之助は伊勢銀の船頭部屋で夕食を済ませていたので、空腹というわけではなかったが、鰻《うなぎ》の蒲焼《かばやき》を見ると、やはり食指《しょくし》が動いた。

「では、鰻をいただきます」

箸で蒲焼をつまむ様子を、三人が注視している。虎之助はちょっと奇異な気がした。

口に入れた途端、虎之助はおやと思った。鰻の味ではない。

ふと、原牧之進と一緒に食べた泥鰌鍋を思いだす。江戸の泥鰌の味は関宿にくらべ、洗練されていた。ということは、鰻の味も洗練されているということだろうか。

しかし、洗練というより、似ても似つかぬ味である。

「篠さん、どうしたのです。妙な顔をしていますが」

お谷が心配そうに言った。

虎之助はためらいがちに言う。

「鰻の味がせぬものですから。拙者の舌が狂っているのでしょうか」

「そりゃ、そうですよ。それは山芋《やまいも》ですから」

お谷が謎解きをした。

大笑いになる。

虎之助は戸惑いながら言った。

「え、これは山芋なのですか」

「それは『せたやき芋』といって、鰻の蒲焼に似せた料理です。

あたしは昔、人に『鰻の蒲焼を馳走してやる』と言われ、期待していたら、じつはせたやき芋で、すっかり騙されたことがありました」

お谷がおかしそうに、思い出話をする。

遊女のころ、客人にからかわれたことがあったようだ。

「ほう、それにしても、鰻の蒲焼とそっくりですね。どうやって作るのでしょうか」

「それは、あたしも知りません」

お谷があっさり言った。

大沢が解説する。

「身共は作り方を聞いたことがあるぞ。

山芋を擂鉢《すりばち》で摺りおろし、葛粉《くずこ》を混ぜる。浅草海苔《あさくさのり》に小麦粉を薄くはたき、その上に摺りおろした山芋をのせ、中央に筋目をつける。そして、胡麻油《ごまあぶら》で揚げたあと、金串に刺して、醬油を刷毛《はけ》で塗りながら炭火で焼くわけだ。そうすれば、鰻の蒲焼にそっくりになるというぞ」

「ほう、手がこんでいますな」

虎之助はやはり洗練だと感じた。

鰻の蒲焼と思って食べると落胆するが、せたやき芋という別種の料理と思えば、それなりに美味だった。

お谷に手渡された茶碗酒を呑みながら、虎之助はせたやき芋をたいらげた。

「さて、薩摩藩の『まるじゅう』を運んでいた荷舟の件だ」

大沢が口調をあらためた。

虎之助も、その後の経過を知りたくてうずうずしていた。居ずまいを正して聞き入る。

「町奉行所の役人が乗った舟が押し寄せ、薩摩藩の荷舟を取り囲んだのは、貴殿も見たであろう」

「はい、そこまでは見ております」

「取り囲んだあと、身共は荷舟の薩摩藩士に、こう言い放った。

『最近、奉行所に、怪《あや》しい荷を積んだ荷舟が行き交っているという届けがあり、われらはひそかに警戒しておった。

さきほど、そのほうらの舟が別な荷舟にぶつかり、棍棒などを振りまわして争ったあげく、追い散らすところを見た。隅田川で他の舟の通航の邪魔をし、喧嘩騒ぎを起こすとは、不届きの至りである。

ちゃんと見ておったからな。もう、言い逃《のが》れはできんぞ。そのほうら全員を召し捕る』

薩摩藩士のふたりは仰天したと言おうか、狼狽したと言おうか。思いもかけない疑いを掛けられたわけだからな。

『とんでもない誤解ですぞ。逃げたあの舟のほうから、ぶつかってきたのです』

『しかも、われらの積荷を奪おうとしたのです。あちらの舟こそ、盗賊舟ですぞ』

ふたりが顔を真っ赤にし、懸命に抗弁しましてね。

すかさず、身共が追及しました。

『積荷を奪おうとした、だと。では、積荷はなんじゃ』

『い、いえ。積荷については、われらはなにも知らされておりませんでした。ただ、運ぶよう命じられただけでござる』

『では、積荷はどこじゃ。ないではないか』

『いや、逃げた荷舟の連中が積荷を奪おうとしたのですが、舟を乗り移ろうとしたとき、手をすべらせて川の中に落としてしまったのです』

ふたりは、しどろもどろになり、顔中に汗をかいておりましたぞ。自分たちがとんでもない窮地におちいっているのが、だんだんわかってきたのでしょうな。

そこで、身共が追い討ちをかけました。

『積荷を奪われそうになったとか、積荷の中身は知らないとか、積荷は川の中に落ちたとか、そのほうらの言い分は、辻褄《つじつま》の合わぬことばかりじゃ。とうてい、信用できぬ。

こうなったら、徹底的に究明するぞ』

そして、四人を浅草山之宿町の自身番に連行したのです」

「なるほど、手に汗握るとはこのことですな」

猪之吉が評した。

お谷が感心したように言う。

「旦那は、なかなかの役者ですね」

「ほう、そんな緊迫の場面があったのですか。私はすでに離れていたので、知りませんでした」

虎之助としては、現場にいなかったのが残念だった。

大沢が話を続ける。

「自身番に連行すると、人足ふたりと船頭は小者に見張りをさせておいて、身共は薩摩藩士ふたりを尋問しました。

『まず、家名を述べよ』

ところが、ふたりは、

『いや、その儀ばかりは、ご勘弁願いたい』

『たとえ殺されても、申しあげられぬ』

と、頑《がん》として言わないのです。

薩摩藩島津家の名誉は、死を賭しても守るということでしょうか。まあ、さすが薩摩藩士だと思いましたがね。

まともに質問しても答えるはずがないと思っていたので、身共は搦手《からめて》から迫りましてね。

『そのほうら、大刀はどうした。鞘だけで、刀がないではないか。胡乱《うろん》である。さては、そのほうら、武士を騙《かた》っておるな。いよいよもって怪しい』

『いや、そうではござらん。じつは、ふたりとも刀を川の中に落としたのでござる』

『武士たるものがそろいもそろって、大刀を川に取り落とすなど、信じられるか。武士として考えられぬ失態じゃ。ふたりとも本当は百姓か、無宿人の輩《やから》であろう。

武士を騙るとは不届き千万である。見過ごすわけにはいかぬ。これからふたりとも小伝馬町の牢屋敷に連行する。しかし、武士を収容する揚り屋ではないぞ。百姓・町人を収容する大牢《たいろう》か、無宿人《むしゆくにん》を収容する無宿牢に放りこむ。覚悟するがよい』

身共がこう宣言すると、ふたりとも真っ青になりましてね。

しばし、歯を食いしばって苦悩しておりましたが、ついに陥落しましたぞ。薩摩藩士として、百姓・町人や無宿人扱いされる屈辱には、とうてい耐えられないということでしょうな。血を吐くような声で、

『われら、島津家の家中の者でござる』

と認めました」

「ほう、ついに家名を口にしたのですか」

虎之助は、大沢のふたりを追いつめていく手腕に感心した。

とくに、相手の武士という身分への自負を逆手に取る追及手法には、感服するしかない。いっぽうで、家名を守ろうとしたふたりに、やや同情を覚える。

「ふたりは、自分の名前もあきらかにしたのですかい」

猪之吉が言った。

大沢がうなずく。

「うむ、ついに白状したぞ。

ひとりは、町田雄吉郎《まちだゆうきちろう》。

もうひとりは、伊集院右近《いじゅういんうこん》。

そして、自分たちは無実であり、藩邸に連絡してほしいと嘆願した。

そこで、求めに応じて、拙者が手紙を書き、小者に命じて薩摩藩邸に届けさせた」

「ほう、どのような内容の手紙をお書きになったのですか」

虎之助はもっとも肝心な点だと思った。

大沢が薄く笑う。

「多くは書かなかった。

『町田雄吉郎と伊集院右近を、浅草山之宿町の自身番に拘留している。また、人足ふたりと船頭、荷舟もおさえている。貴藩が責任をもって対処するということであれば、五人の身柄と荷舟を引き渡す』

という意味のことを書いただけだがな。

案の定、薩摩藩の役人が血相変えて、飛んできたぞ。くわしい事情がわからないと、人はかえって疑心暗鬼になるからな」

「薩摩藩の役人は猛抗議をしてきたのですか」

「いや、態度は恭倹《きょうけん》そのものだったぞ。町田と伊集院が誤解を招き、町奉行所の手を煩《わずら》わせたことを詫びておった。

町田と伊集院の言葉には隠しようのない薩摩訛《なま》りがあるのに対し、役人の言葉にはまったく訛りがなかった。

おそらく、江戸生まれの江戸育ちであろうな」

「で、それから、どうなったのですか」

「うむ、ふたりは身元をあきらかにしたし、藩の役人が正式に身柄の受け取りに来たからな。

五人を役人に引き渡し、それで終わりじゃ」

大沢があっさり言った。

虎之助はあっけにとられ、絶句する。

お谷が柳眉を逆立てた。

「旦那、それじゃあ、いったい、なんのために大勢を率いて召し捕ったのですか。それこそ、篠さんの活躍も無駄になるじゃありませんか」

「まあ、そう、いきり立たんでくれ。第二幕があるのだ」

大沢が茶碗酒をぐびりと呑んだ。

酒で喉を潤《うるお》したあと、大沢が話を再開する。

「薩摩藩の役人に五人と荷舟を引き渡し、ひとまず厄介払いをしたわけじゃ。あのまま連中を自身番に留め置いたら、町役人たちが迷惑するからな。

そして、お奉行の大草安房守さまが正式に、薩摩藩に書状を出した。内容は、おおよそ、こんな具合だ――。

薩摩藩の御用船が事故に遭い、隅田川の浅草山之宿町の沖合に積荷を落としたと聞いた。ほぼ、場所はわかっている。

奉行所には、川に水没した物を引きあげるのに慣れた者がいる。その者を派遣して、引きあげに協力してもよい。

さらに、貴藩の舟に衝突して逃げた舟の行方は、鋭意探索している。

――と、さも親切らしく、申し入れたわけだ」

「なるほど、なるほど」

猪之吉がニヤニヤしている。

虎之助が感に堪《た》えぬように言う。

「薩摩藩は仰天したでしょうね。震撼《しんかん》したといったほうがよいかもしれません」

「町奉行所の下っ端役人をうまくあしらったと思い、ほっと安堵のため息をついたのも束の間、今度はお奉行が乗りだしてきたのだからな。

それこそ、一難《いちなん》去ってまた一難。要所の者は頭を抱えたろうよ。薩摩藩としては、『まるじゅう』の詰まった桶が引きあげられたら一大事だからな。

しばらくして、奉行所に薩摩藩から正式な回答が届いた。

それによると——。


荷舟が積んでいた桶の中身は、浅草寺寺中の泉凌院に届ける醬油だった。薩摩藩としては、いまさら引きあげるつもりはない。そのため、奉行所の手を借りるつもりもない。

また、衝突は事故であり、お互いさまの面がある。薩摩藩としては相手の舟に処罰を求める気はない。

さらに、今回の不手際を引きおこした町田雄吉郎と伊集院右近は、すでに国元に帰国を命じ、江戸の藩邸にはいない。

――というものだった。苦心の文面と言おうかな。

しかも、早手まわしに町田と伊集院を江戸から去らせた。後日、町奉行所にあらためて召還されるのを恐れたのだろうな。

重豪どのが死去し、『将軍家の岳父』という権威がなくなったいま、薩摩藩がまるじゅうの秘密が暴露《ばくろ》されることに戦々恐々としているのがわかるぞ」

「しかし、戦々恐々としながらも、薩摩藩は『まるじゅう』の製造と流通をやめる気はないのでしょうか」

虎之助が疑問を述べる。

婉曲に、奉行所の対応の生ぬるさを批判していた。

大沢が言う。

「貴殿の言いたいことも、わからんではないがな。

しかし、大御所の家斉さまがご存命のあいだは、薩摩藩島津家には迂闊《うかつ》に手は出せぬ。身共ら奉行所の役人は幕臣だからな。

だが、今回、薩摩藩にお灸《きゅう》を据えて、『熱ッ』と言わせることはできたと言えような。

お灸が意味することも、お奉行は藩主の斉興どのより、世子の斉彬どのに伝えたかったのだと思うぞ。また、聡明な斉彬どのはお奉行の風諭《ふうゆ》がわかったであろう。

もちろん、世子の斉彬どのには、いまはなにもできぬ。だが、斉彬どのが藩主になったとき、薩摩藩は変わると思うぞ。

重豪どののとき、薩摩藩は大きく変わった。続いて、曽孫の斉彬どののときになってふたたび、大きく変わるであろう。

そうそう、当初、薩摩藩邸では町田と伊集院には切腹を命ずべきとの、厳しい声があったようじゃ。ところが、斉彬どのが、父で藩主の斉興どのに嘆願し、国元に帰すという処分に変えさせたそうだぞ」

「ほう、そうでしたか。じつは、ふたりが切腹を命じられるのではないかと、私はひそかに案じていたのです。ふたりは命じられた任務をやっていただけですからね。その任務を台無しにしたのは、私ですから。

もし切腹になったと聞いたら、私はきっと寝覚めが悪いだろうなと、気が重かったのです」

虎之助はふたりを死なせなかったと知り、心底ほっとした。

同時に、幕府や諸藩にも斉彬の藩主就任への期待があるのが、なんとなくわかる気がした。

「ところで、泉凌院と樋口屋は、その後、どうなったのでしょうか」

蘭之丞が襲った泉凌院と、自分が襲った樋口屋の番頭と丁稚について、虎之助は気になっていたのだ。番頭と丁稚が厳罰を受けたとすると、やはり気の毒である。

「ああ、言い忘れておったな。

泉凌院は寺社奉行に届書を出したが、そこには――。

ふたり組の盗賊が侵入し、賽銭を入れた桶を盗みだそうとしたが、人に騒がれて、桶を落として逃げ去った。被害は軽微だった。

――と報告してあったようじゃ。

寺社奉行の役人がいちおう泉凌院に事情を調べにいったが、とくに被害はなかったということを確認し、満足して帰っていったようだ。

それにしても、泉凌院は肝《きも》を冷やしたろうよ。懲《こ》りたのは確実だぞ。今後、薩摩藩や樋口屋と距離を置くであろうな」

「ほう、そうでしたか。では、浅草寺の境内で樋口屋の番頭と丁稚が襲われた件はどうですか」

虎之助としては、もっとも気がかりな点だった。

大沢が笑みを含みながら言う。

「相手は浅草田原町にある両替屋だからな。町奉行所の役人は、なんの制約も受けない。

北町奉行所が樋口屋に差し紙を送り、主人と番頭を召喚した。ふたりは怯《おび》えきっておったぞ。取り調べに対して、こう述べた――。

浅草寺の境内で浪人とおぼしき武士に、両替用の金を入れた銭函を奪われそうになったのは事実である。しかし、番頭と丁稚が抵抗したので、けっきょく浪人は銭函を落とし、そのまま逃げ去った。また、番頭と丁稚も怪我はなかった。

――と、たいした被害はなかったと説明したわけじゃ。しかし、樋口屋にしてみれば、奉行所に目をつけられたらしいというのは、恐怖であろう。薩摩藩や浅草寺との付き合い方も、今後はより慎重になるだろうな。今回の件で、泉凌院や樋口屋にお灸を据え、警告したと言えよう。お奉行の大草安房守さまも、任期中に薩摩藩に一矢《いっし》を報《むく》いることができた」

「なるほど、よくわかりました」

虎之助は納得がいった気分だった。

猪之吉とお谷も、やはり納得したようである。

茶碗の酒を呑みながら、虎之助は関宿のことを思った。

薩摩藩の「まるじゅう」も、関宿藩の下屋敷の立てこもりも、一段落がついた。このあたりで、山本道場の道場主の見舞いを口実に、いったん帰郷するのもいいかもしれない。

口実にするとはいえ、虎之助は道場主を本気で心配していた。関宿唯一の剣術道場の火を絶やしてはならない。

自分にできることがあれば、できるだけのことはしたいと思う。

また、非業《ひごう》の死を遂げた加藤柳太郎の墓参りもしたかった。墓前に手を合わせ、お文の近況も知らせてやりたい。

虎之助の心は、早くも関宿にあった。

コスミック・時代文庫

最強《さいきよう》の虎《とら》

四

隠密裏同心 篠田虎之助

2024年6月25日 初版発行

【著 者】
永《なが》井《い》義《よし》男《お》

【発行者】
佐藤広野

【発 行】
株式会社コスミック出版
〒154-0002 東京都世田谷区下馬6-15-4
代表 TEL.03(5432)7081
営業 TEL.03(5432)7084
FAX.03(5432)7088
編集 TEL.03(5432)7086
FAX.03(5432)7090

【ホームページ】
https://www.cosmicpub.com/

【振替口座】
00110-8-611382

【印刷／製本】
中央精版印刷株式会社

乱丁・落丁本は、小社へ直接お送り下さい。郵送料小社負担にて
お取り替え致します。定価はカバーに表示してあります。

ISBN978-4-7747-6565-5 C0193

COSMIC 時代文庫

吉岡道夫の超人気シリーズ

傑作長編時代小説

医師にして剣客！

「ぶらり平蔵」決定版［全20巻］完結！

① 剣客参上
② 魔刃疾る
③ 女敵討ち
④ 人斬り地獄
⑤ 椿の女
⑥ 百鬼夜行
⑦ 御定法破り
⑧ 風花ノ剣
⑨ 伊皿子坂ノ血闘
⑩ 宿命剣
⑪ 心機奔る
⑫ 奪還
⑬ 霞ノ太刀
⑭ 上意討ち
⑮ 鬼牡丹散る
⑯ 蛍火
⑰ 刺客請負人
⑱ 雲霧成敗
⑲ 吉宗暗殺
⑳ 女衒狩り

ぶらり平蔵 決定版⑳
女衒狩り

絶賛発売中！

お問い合わせはコスミック出版販売部へ！
TEL 03(5432)7084
http://www.cosmicpub.com/